KB096988

대중을 사로잡는 장르별 플롯

"MONOGATARI"NO KUMITATEKATA NYUMON 5TSUNO TEMPLATE
by Muku Maruyama
Copyright © 2015 Muku Maruyama
All rights reserved.
Original Japanese edition published by RAICHOSHA CO. LTD
Korean translation
Copyright © 2020 by Jigeumichaek
This Korean edition published by arrangement with RAICHOSHA CO. LTD
through Honno Kizuna, Inc., Tokyo, and BC Agency

대중을 사로잡는
장르별 플롯

마루야마 무쿠 지음
송경원 옮김

Friend

Adieu

Train

Lovers

지금이책

머리말

　제가 이 책 이전에 쓴《스토리텔링 7단계: 신인 작가를 위한 실전강의》는 '이야기를 쓰고 싶다'고 생각하는 초보 작가들을 위해 가장 기본적인 스토리텔링의 작법을 순서대로 정리한 책이었습니다.

　가령 요리책에 비유해 말하자면, '생선 손질법'이라든가 '국물 내는 법'과 같이 아주 기본적인 기법만을 골라내어 소개한 셈입니다.

　이번에 다시 여러분에게 선보이는《대중을 사로잡는 장르별 플롯》에서는 그다음 단계로 넘어가 '엔터테인먼트 작품'에서 흔히 볼 수 있는 이야기의 패턴을 장르별로 소개하기로 하겠습니다. 잘 아시겠지만 엔터테인먼트 작품이란 누구나 쉽고 재미있게 즐길 수 있는 작품을 말합니다.

아무튼 이번 책 역시 요리책에 빗대서 말하자면 '카레 만드는 법'이나 '된장국 끓이는 법' 같은 것이라 볼 수 있습니다.

카레 만드는 법을 익히면 화이트 스튜나 비프 스튜도 만들 수 있습니다. 왜냐하면 이 세 가지 요리는 재료와 루[*]만 다를 뿐이지 기본적으로 만드는 방법은 똑같기 때문입니다.

한번 된장국 끓이는 방법을 익히고 나면, 재료를 바꿔나가는 것만으로 여러 종류의 된장국을 만들 수 있게 되겠지요? 이야기를 만드는 것도 똑같습니다.

로맨틱 코미디를 어떻게 쓰는지 그 방법을 익히고 나면, 나머지는 등장인물과 상황을 바꿔나가는 것만으로 다양한 변주가 가능해집니다.

아이들에게 큰 사랑을 받고 있는 전대물[**]은 "전대戰隊 히어로가 악당을 물리친다"라는 기본 콘셉트만 파악하고 있으면, 히어로들의 캐릭터나 악역의 설정, 세계관 등을 바꿔가는 것만으로 무수히 많은 이야기를 만들 수 있습니다.

이 책에서는 엔터테인먼트 작품 중에서도 응용 범위가 넓은 재난물, 로맨틱 코미디, 히어로물, 버디물, 성공스토리 등의 장르별 템플릿에 대해 그 구조와 소재를 발견하는 방법을

* 서양 요리에서 수프나 소스의 농도를 조절하기 위해서 밀가루를 버터로 볶은 것
** 슈퍼 전대 시리즈. 다수가 팀을 이루어 각자의 역할을 맡아 지구를 구하거나 악당을 물리친다는 내용을 주로 다루는 장르

자세하게 설명하고자 합니다. 겨우 다섯 가지로는 충분하지 않다고 생각하는 분도 있겠지만, 이야기 구조와 쓰는 방법만 제대로 이해하게 된다면, 이것만으로도 여러분이 스토리텔링을 해나가는 데 있어 필요한 레퍼토리의 폭도 훨씬 넓어지리라 확신합니다.

또한 이 책의 모든 장에는 실습 파트가 수록되어 있으니 조금 귀찮다 싶더라도, 부디 펜을 들고 직접 써보시기 바랍니다.

이 책이 여러분의 글쓰기에 조금이나마 도움이 되기를 진심으로 바랍니다.

차례

스토리텔링 7단계 복습

전작《스토리텔링 7단계》에서는 이야기를 만들 때, 다음 두 가지가 중요하다고 말했습니다.

♦ 여러 요소를 하나의 이야기로 정리해 완결하기 위해서는 '플롯'이 반드시 필요하다.

♦ 플롯의 원천이 될 만한 재료가 아무것도 없는 상태, 곧 0에서 1을 새로 만들어내기란 매우 어려운 일이다. 대신에 이미 존재하는 1을 1-1로 만들어내는 편이 훨씬 수월하다.

복습을 겸해 이를 조금 더 자세히 살펴보도록 하겠습니다. 그러므로 이미《스토리텔링 7단계》를 읽은 분이나 플롯이 무엇인지 알고 있는 분이라면 이 부분은 그냥 넘어가도 좋습니다. 바로 24쪽 '장르란 무엇인가'부터 시작하셔도 무방합니다. 그렇지 않은 분들은 계속 이어서 읽어주시기 바랍니다.

플롯이란 무엇인가

"어떤 이야기를 쓰고 싶나요?"

이렇게 질문하면 '감동적인 이야기' 혹은 '재미있는 이야기'라고 대답하는 사람이 있습니다.

좀 더 정확히 말하자면 '독자에게 감동을 주는 이야기', '독자에게 재미를 선사하는 이야기'가 되겠지요.

똑같은 질문에 '라이트 노벨˚', '아동문학'처럼 자신이 쓰고 싶은 장르를 말하는 사람도 있습니다.

"라이트 노벨의 어떤 이야기요?"

거듭해서 물어보면, "음, 판타지물 같은 거요?" 하고 또다시 장르를 대답하는 사람이 있습니다.

"암울한 세계에서 전개되는 이야기를 쓰고 싶어요"라고 세계관을 언급하는 사람도 더러 있지요.

"○○라는 게임·애니메이션·드라마에 나오는 ○○ 같은 캐릭터가 등장하는 이야기요"라고 등장인물을 예로

˚ 가볍다는 뜻의 'light'와 소설 'novel'의 일본식 조어로, 표지 및 삽화에 애니메이션풍의 일러스트를 많이 사용한 젊은 층을 대상으로 한 소설

드는 사람도 있습니다.

이제 조금 정리해볼까요.

'감동적인 이야기'란 독자에게 전해지는 효과나 영향을 말합니다.

'라이트 노벨'이나 '판타지'는 장르입니다.

'암울한 세계'는 이야기의 분위기나 세계관입니다.

'○○ 같은 캐릭터'는 인물입니다.

'핵발전 문제'나 '에볼라 감염 확대'는 소재이고, '묻지마 살인을 가장했지만, 사실은 교환살인이었다'라는 것은 아이디어입니다.

이러한 것들을 하나의 이야기로 정리해 완결하기 위해서는 그 세계에서 그 인물이 어떻게 행동하고 어떤 과정을 거쳐 결말에 다다르는지를 보여주는 스토리라인, 곧 플롯이 반드시 필요합니다.

그런 의미에서 《스토리텔링 7단계》에서는 플롯을 만드는 방법에 대한 기본적인 내용을 배웠습니다.

이야기의 '재료' 발견하기

난생처음으로 글을 써보려고 할 때나 글을 쓰다 슬럼프에 빠졌을 때, 완전히 새로운 이야기를 아무것도 없는 상태에서 끌어내기란 굉장히 어려운 일입니다.

앞에서도 이야기했다시피 글쓰기 초보 단계에서는 0에서 1을 창조하려고 애쓰기보다는 이 세상에 이미 존재하는 1을 활용해 1-1을 만들어내는 편이 훨씬 쉽습니다.

여기서 말하는 '이미 존재하는 1'이란 여러분이 지금까지 보고 읽은 것들, 즉 책이나 만화, 영화, TV 드라마의 플롯이나 인물, 세계관 등을 뜻합니다.

물론 이미 출간되었거나 방영된 작품의 스토리나 세계관, 인물 등을 그대로 베낀 작품은 표절이나 패러디밖에 되지 않습니다.

하지만 사람은 누구나 자기 나름의 기호가 있고, 수많은 작품에서 추출된 여러분의 기호는 여러분 자신만의 독창적인 작품을 만들어내는 원동력이 됩니다.

① 영화 〈겨울 왕국〉, 크리스 벅·제니퍼 리 감독, 월트 디즈니 스튜디오
② TV 드라마 〈ER〉, 미국 NBC
③ TV 드라마 〈진-JIN〉, 일본 TBS

예를 들어서 설명해보겠습니다.

여러분이 〈겨울 왕국〉을 보고 진한 감동을 받았다고 가정해봅시다. "나도 이런 이야기를 써보고 싶다!"라는 마음이 들어 다음과 같은 플롯을 만들었습니다.

옛날 옛적에 어느 나라에 두 자매가 있었다. 동생에게는 태어나면서부터 불을 자유자재로 다룰 수 있는 특별한 힘이 있었다. 그런데 어린 시절 그 힘을 잘못 사용하는 바람에 언니에게 중상을 입히고 만다. 자매의 부모는 이 사건을 계기로 동생의 힘을 봉인하지만, 그녀의 힘은 해를 거듭할수록 강해졌고 급기야 제어 불능 상태에 빠져버린다.

이대로는 소중한 사람들에게 상처를 주고 말 것이라 여긴 동생은 집을 떠나지만, 그 힘은 이미 온 나라를 불꽃으로 뒤덮을 수 있을 만큼 강력해져 있었다.

언니는 사랑하는 동생을 찾아서 집으로 데려오기 위해 길을 떠난다. 그 무렵, 동생의 힘을 군사적으로 이용하려는 정부 역시 은밀히 추격대를 보내는데…….

어떻습니까. '언니'를 '동생'으로, '눈'을 '불꽃'으로 바꾸었을 뿐, 이래서는 누가 보아도 〈겨울 왕국〉을 베꼈다는 걸 한 눈에 알아보겠지요?

그런데 가령 여러분이 〈겨울 왕국〉도 좋아하지만, 〈ER〉이나 〈진-JIN〉* 같은 의학드라마도 좋아한다고 합시다.

그러면 앞에서 예로 든 플롯에 의학물의 요소를 가미해보도록 합시다.

어느 병원에 두 자매가 있었다. 동생은 한때, 어떤 얼굴이든 환자들이 원하는 대로 고쳐줄 수 있는 천재 성형외과 의사로 이름을 날렸지만, 지금은 수술 의뢰를 모두 거절하고 자기 방에 틀어박혀 지내고 있다. 사실 그녀는 몇 년 전, 사고를 당한 언니의 얼굴을 수술하는 도중에 치명적인 실수를 저지르면서, 그 얼굴에 지울 수 없는 흉터를 남기고 만 것이었다.

얼굴에 남은 흉터 자국 때문에 언니의 혼담이 깨어지자, 동생은 죄책감을 이기지 못하고 집을 나온다.

같은 무렵, 동생의 힘을 이용하려는 어떤 조직이 은밀히 추격대를 보내는데…….

이번에는 어떤가요? 플롯상의 공통점은 여전히 눈에 띄는

---

* 종합병원 응급실 레지던트들의 에피소드를 담은 이야기
** 현대의 외과 의사가 시간을 거슬러 에도 시대로 돌아가게 되면서 벌어지는 이야기. 무라카미 모토카의 원작 만화 〈타임슬립 닥터 진〉을 드라마화한 작품

군요. 그런데 만약 이 이야기가 TV 연속 드라마로 방영되면서 에피소드 사이사이에 성형업계의 내막이라든지, 언니의 상처에 얽힌 비하인드 스토리―가령, 사실은 동생의 실수가 아니라 그녀의 명성을 시기한 어떤 의사가 고의로 만든 흉터였다 같은 이야기―가 삽입된다면 어떨까요? 〈겨울 왕국〉과는 상당히 분위기가 다른 스토리가 되지 않을까요.

여기에 더해 여러분이 추리소설도 좋아한다고 칩시다. 다시 이 플롯에 미스터리 요소도 추가해보도록 하겠습니다.

얼굴의 화상 자국을 지우기 위해 성형외과를 찾은 여자 주인공은 잘생긴 주치의의 얼굴에 보기 흉한 흉터가 있는 것을 보고 놀란다. "모든 흉터를 말끔히 없애 드립니다"라는 슬로건을 내걸고 있는 의사가 어째서?

사연을 들어보니, 몇 년 전에 사망한 주치의의 누나 때문에 생긴 흉터라고 한다.

이윽고 주치의와 사귀기 시작한 여자 주인공. 그런데 그녀 주위를 숨바꼭질하듯 맴도는 미모의 여성이 등장한다. 주치의의 말이며 행동으로 짐작건대 아무래도 그녀는 사망했다던 그의 누나인 듯하다. 과연 남매 사이에 무슨 일이 일어났던 것일까? 은밀히 조사에 나선 여자 주인공의 앞에 미소 띤 얼굴로 메스를 손에 움켜쥔 주치의의 누나가 모습을 드러내는데…….

여기까지 오면 이미 〈겨울 왕국〉을 모티브로 한 이야기라고는 아무도 짐작조차 못 할 듯싶습니다(웃음).

그런데 이런 식으로 이것저것 바꿔가며 즐길 수 있는 것도 애초에 〈겨울 왕국〉과 같은 재료가 있었고, '의학물'이나 '추리소설'과 같은 여러분의 기호가 있었기 때문입니다.

《스토리텔링 7단계》에서는 이 재료와 기호를 찾아내는 방법을 '나만의 기폭제 찾기'라는 장에서 소개했습니다. 관심이 가는 분은 꼭 읽어보시기 바랍니다.

이것으로 복습을 마칩니다. 다음 장부터는 전작과는 다른 시점에서 여러분이 작품을 만드는 데 도움이 될 만한 재료를 찾아보기로 하겠습니다.

장르와 소재, 그리고 테마

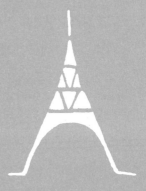

장르란 무엇인가

"어떤 장르의 책을 쓰고 싶나요?"

아니면 이렇게 질문을 바꿔 봐도 괜찮겠네요.

"어떤 장르의 책을 좋아하세요?"

누군가 이렇게 물어본다면 여러분은 뭐라고 대답하시겠어요?

"엔터테인먼트 계통의 작품이요."

"아동문학을 좋아해요."

"추리소설일까요. 요즘은 신본격°에 푹 빠져 있어요."

"음, 저는 학원물 같은 거요?"

---

* 일본의 추리소설은 본격－사회파－신본격·신사회파의 순서로 흐름이 크게 변화해왔다. 수수께끼와 논리적 해결이 작품의 중심이 되는 초기 추리소설을 '본격'으로, 마쓰모토 세이초로 대표되는 인간 본성과 사회의 문제에 초점을 둔 작품을 '사회파'로 분류한다. 1990년대 이후 다시 트릭과 고도의 논리가 담긴 '신본격' 및 '신사회파'가 등장하는데, 이처럼 일본의 추리소설은 서로 영향을 주고받고 함께 진화해가면서 다양성을 갖춰 왔다.

"역사소설이요! 그리고 만화라면 네 칸 만화도 꽤 즐겨 봐
요."

네, 좋습니다. 다양한 대답이 나왔군요.
'장르'라는 말을 사전에서 찾아보면 '부문. 종류. 특히 시,
소설, 희곡 등 문예 작품의 양식의 갈래 혹은 종류'라는 뜻이
나옵니다.
한마디로 장르를 '양식의 종류'라고 해도 이를 분류하는 방
법에는 여러 가지가 있습니다.
예를 들어서 설명해보지요.
작품의 결말에만 주목해서 분류할 때는 다음 세 종류로 나
누어집니다.

 ◈ 해피 엔딩
 ◈ 새드 엔딩
 ◈ 어느 쪽도 아니다

작품의 무대가 되는 시대에 초점을 맞추면 아래와 같이 분
류할 수 있습니다.

- 역사물
- 현대물
- 미래물

또 작품이 쓰인 언어를 기준으로 나누기도 합니다.

- 외국문학
- 국내문학

대상이 되는 독자의 연령층에 따라서는 크게 세 종류로 나눌 수 있습니다.

- 유아용
- 아동용
- 일반용

어떻습니까? 너무 단순하게 분류되어 있다고 느끼지 않으셨나요? "해피 엔딩의 역사물에, 아동이 독자층인 이야기를 써주세요."

단지 이런 정도만 주문해도 이야기를 술술 써내려갈 수 있는 분에게는 앞으로 이어질 레슨은 필요 없습니다. 부디 이 책은 한쪽에 밀쳐두고 당장 자신의 작품을 쓰는 데 돌입해주시기 바랍니다.

그렇지 않은 분들은 계속해서 함께 어떻게 장르를 분류하는지 좀 더 자세히 살펴보도록 합시다.

주인공의 직업에 주목하면 다음과 같이 다양한 전문직업물 장르가 있는 것을 알 수 있습니다.

◆ 교사물
◆ 형사물
◆ 의사물
◆ 변호사물

같은 전문직업물이라도 주인공이 행동하는 장소에 초점을 맞출 때는 아래와 같이 분류할 수 있습니다.

◆ 학원물
◆ 경찰소설
◆ 의학드라마
◆ 법정물

◆ 스페이스 오페라[*]

또 앞에서 언급한 역사물은 다루는 소재에 따라서 여러 갈래로 다시 나누어집니다.

- ◆ 역사소설
- ◆ 시대소설
- ◆ 전기소설
- ◆ 전기물
- ◆ 대체 역사물

'역사소설'은 시바 료타로의《언덕 위의 구름》이나 엔도 슈사쿠의《마리 앙투아네트》와 같이 역사상의 사건이나 실존했던 인물을 소재로 한 작품입니다. 또 다른 작품을 예로 들자면 빅토르 위고의《레 미제라블》이나 알렉상드르 뒤마의《삼총사》등도 이 범주에 들어갑니다.

이에 견주어 '시대소설'은 과거의 특정한 시대를 배경으로 한 작품으로 주로 한국이나 일본에서 쓰이는 말입니다. 이케

---

* 다양한 정의가 있지만, 여기서는 '우주를 무대로 펼쳐지는 모험 활극'이라는 정도의 의미로 사용하겠습니다.—저자주

나미 쇼타로의《검객장사》나 미야베 미유키의《혼조 후카가와의 기이한 이야기》같은 일본 작품의 경우, 대체로 에도 시대(1603~1867)에서 메이지 유신(1868) 무렵까지의 시대를 무대로 하는 특징이 있습니다. TV 드라마나 영화, 연극 같은 매체에서는 '시대극'이라고 부르는 장르이지요. 반면에 나라 시대(710~794년)나 헤이안 시대(794~1185)를 배경으로 한 이야기를 시대소설이라 부르는 경우는 잘 없습니다. 시대소설은 역사소설과 마찬가지로 실제로 일어난 역사적 사실이나 당시의 풍속을 바탕으로 하더라도, 거기에 가공의 인물 또는 사건이 더해져 역사소설보다 픽션의 성격이 강해진 작품을 말합니다.

'전기소설傳奇小說' 혹은 '전기물傳奇物'은 원래는 주로 중국 당나라 때 크게 번성한 문어체 소설을 가리키는 말이지만**, 요즘은 옛날부터 전해내려오는 이상하고 신기한 일이나 괴이한 사건을 소재로 사용하는 경우라면 현대 작품이라 하더라도 '전기물'이라고 칭해지는 것 같습니다.

* 이케나미 쇼타로가 사망하면서 미완성으로 남았지만, 작가의 대표작으로서 손색이 없는 작품이다. 총 16권 출간된 단행본은 2004년 기준 누적 판매 부수가 1,800만 부를 돌파했으며 TV 드라마 및 만화로도 만들어졌다. 에도 시대를 배경으로 권력이나 신분에 크게 구애받지 않고 여러 사건과 맞닥뜨리며 활약하는 검객의 모습이 소탈하게 그려졌다.
** 우리나라의 경우 김시습의《금오신화》에 실린 다섯 작품이 여기에 속한다. 참고로 동음이의어인 전기소설傳記小說은 한 사람의 생애와 행적을 중심으로 하여 쓰인 소실을 말한다.

다만 똑같은 괴이한 사건이라고 해도, 예를 들어 '화장실의 하나코'를 소재로 한 소설은 어째서인지 전기물이라고는 하지 않습니다. 전기물의 조건을 충족하려면 아무래도 '비밀스러운 전승'이나 '저주받은 혈족', '폐쇄적인 마을에 예부터 전해지는 기묘한 풍습' 등 오랜 세월에 걸쳐 전해온 괴이한 사건을 소재로 삼아야 하는 듯합니다.

'전기물戰記物'과 '대체 역사물'은 과거에 벌어진 전쟁이나 전투를 소재로 하는 전쟁 이야기라는 점에서 공통점이 있습니다. 전자가 전쟁의 결과를 역사적 사실에 비춰 충실하게 묘사하는 반면에, 후자는 '만약 ……했더라면'이라는 가정에서 출발하여 이후의 역사를 완전히 바꾸어버리거나 전황에 크게 영향을 미치는 점이 특징이지요. 《헤이케 모노가타리》는 전기물이지만, 가와구치 가이지의 만화 《지팡구》는 '만약 현대의 이지스함이 미드웨이 해전 직전의 태평양에 타임슬립을 했다면'이라는 설정 아래 펼쳐지는 대체 역사물입니다.

---

* 일본의 화장실 괴담. 지역에 따라 조금씩 형태가 다르지만, '하나코'라는 소녀 귀신이 등장한다는 공통점이 있다. 늦은 오후 아무도 없는 학교 화장실에서 3번째 칸을 두드리면 하나코가 대답한다는 이야기가 가장 유명하다.
** 헤이케 일족의 영화와 멸망을 그린 일본 가마쿠라 시대(1191~1333)의 초기 소설
*** 1942년 6월에 미드웨이섬 부근에서 미국 해군과 일본 해군 사이에 벌어진 전투. 이 전투에서 승리한 미국은 태평양 전쟁의 주도권을 쥐면서 전세를 역전하게 되었다.
**** 어떤 사람 또는 어떤 집단이 알 수 없는 이유로 시간을 거스르거나 앞질러 과거 또는 미래에 떨어지는 일을 말하며, 마크 트웨인이 쓴 《아서 왕 궁정의 코네티컷 양키》에서 처음 등장한 개념이다. 타임머신을 이용해서 의도적으로 시간을 거스르는 시간 여행과는 구분된다.

테마와 소재

그런데 똑같이 전쟁을 다룬 이야기라고 해도 '전쟁물'이라고 부를 때는 뉘앙스가 약간 달라집니다.

《지광구》는 대체 역사물인 동시에 전쟁물이라고 말할 수 있지만, 《헤이케 모노가타리》의 경우라면 어떨까요? 전기물戰記物인 동시에 전쟁물이라고도 할 수 있을까요?

"음, 왠지 좀 다른 느낌인데요……."

"전쟁물이라고 하면 조금 더 현대적이랄까, 가까운 시대의 이야기라는 느낌이에요. 미사일이라든가 탱크 같은 무기가 나오는 이미지가 있거든요."

그렇군요. 또 다른 의견은 없나요?

"전쟁물은 전투가 중심이라고 할까요? 전장을 무대로 삼는 경우가 많잖아요. 〈203고지〉나 〈라이언 일병 구하기〉 같은 영화처럼요."

"저는 전쟁물이라고 하면 전기물戰記物보다 주장이 강한 느낌이 들어요."

주장이라고 하면?

"글쎄요, '메시지'성이라고 하면 될까요? '전쟁은 참혹하

---

* 러일전쟁 당시 최대 격전지였던 중국 뤼순의 203고지 공방전을 배경으로 한 일본 영화로 1980년에 개봉했다.

① 만화 《지팡구》, 가와구치 가이지 지음, 고단샤
② 영화 〈203고지〉, 마스다 도시오 감독, 도에이
③ 영화 〈라이언 일병 구하기〉, 스티븐 스필버그 감독, 파라마운트 픽처스/드림웍스 픽처스/
UIP

다'라거나 '전쟁은 그만두자' 같은, 만드는 사람의 의지가 강하게 느껴지는 쪽이 전쟁물이고, 일어난 사건을 담담하게 서술해나가는 쪽은 전기물戰記物이라고 할까요."

"아, 알겠어요! 이건 분류하는 방법이 다른 거네요!"

"네? 그게 무슨 말이에요?"

"그러니까, 전쟁물이라는 건 전쟁 자체를 그려낸 이야기인 거예요. 연애물이 연애를 그려낸 이야기인 것처럼요."

"저기, 무슨 얘기인지 잘 모르겠는데요."

"그렇다면 《헤이케 모노가타리》도 전쟁물이라는 말인가요?"

"아니, 아니요! 전쟁물이라는 건요……."

자, 여러분, 이제 막 열기를 띠기 시작했는데 조금 아쉽습니다만, 지면 관계상 이쯤에서 정리해보기로 할까요?

조금 전에 '전쟁물'은 곧 '전쟁 자체를 그린 이야기'라고 말한 사람이 있었지요? 아주 훌륭합니다. 다만 설명이 조금 알아듣기 쉽지 않았어요.

이렇게 말해보면 어떨까요?

'전쟁물'이란 전쟁을 테마로 한 작품입니다. 마찬가지로 연애를 테마로 한 작품군은 '연애물'이라고 합니다.

"그러면 테마라는 건 아까 나왔던 소재와 어떤 차이가 있나요?"

일반적으로 '테마'와 '소재'는 종종 같은 뜻으로 쓰입니다. 하지만 이 책에서는 다음과 같이 명확히 구분해서 생각해보기로 하겠습니다.

소재는 작품의 재료입니다.

이에 반해 테마란 작품의 중심이 되는 사상이나 사고방식입니다. 아까 어떤 분이 언급했던 '전쟁은 참혹하다'라든가 '전쟁은 그만두자' 같은 메시지도 테마에 해당한다고 볼 수 있습니다. 이해가 되셨지요?

"⋯⋯⋯⋯."

"⋯⋯⋯⋯."

그래도 잘 모르겠다는 표정을 짓는 분들이 있군요. 그렇다면 이렇게 하지요. 예를 들어서 설명해보겠습니다.

가령 2차 세계대전 당시의 베를린을 무대로, 무고한 사람들이 잇달아 죽음을 당하는 모습을 통해 전쟁의 참혹성을 고발한 작품이 있다고 합시다. 이 이야기는 2차 세계대전 당시 벌어진 베를린 시가전을 '소재'로, 전쟁의 참혹성을 '테마'로 한 작품이라고 할 수 있습니다.

한편, 똑같이 2차 세계대전이 한창이던 베를린을 무대로 한 작품이 있다고 가정해봅시다. 전쟁의 혼란을 틈타 당시 나치 정권의 선전장관인 괴벨스의 숨겨둔 국보급 다이아몬드—이런 물건이 실제로 있었는지 없었는지는 둘째로 치더라도—를 몰래 훔쳐 교묘하게 해외로 빠져나간 도둑 일당의 활약을 통쾌하게 그린 작품입니다. 위의 경우와 마찬가지로 베를린 시가전을 소재로 했더라도, 이 작품의 테마를 전쟁의 참혹성이라고 말할 수 없겠지요.

이처럼 같은 소재를 가지고서도 작가는 얼마든지 테마를 다르게 설정할 수 있습니다. 이제 소재와 테마의 차이를 아시겠지요?

따라서 이야기는 테마에 따라서도 분류할 수 있습니다. 여기서 소개한 전쟁물을 비롯하여 연애물이나 가족 드라마*, 복수담, 성장물 등 다양한 테마를 다룬 작품군이 있으므로 여러

* 갈등, 화해, 사랑과 용서 등 가족 사이에서 일어날 수 있는 여러 상황을 소재로 하는 드라마

분도 찾아보시기 바랍니다.

그렇다면 이러한 다양한 장르는 이야기를 만드는 것과 어떤 연관이 있는 걸까요?

장르와 플롯

한마디로 말해서 '장르'라고 해도, 그중에는 지나치게 단순하거나 애매모호하게 분류된 것도 있다고 앞에서도 이야기했습니다.

무슨 말을 하고 싶은지 모르시겠다고요? 그럼 질문을 바꿔보겠습니다.

"어떤 이야기를 쓰고 싶나요?"

"해피 엔딩으로 끝나는 이야기를 쓰고 싶어요."

이렇게 대답한 분은 일단 자신이 쓰고 싶은 이야기의 결말밖에 정해두지 않은 상태라는 것을 자각하시기 바랍니다.

"아동문학이요."

이렇게 대답했다면 막연히 '어린이를 위한 이야기를 쓰고 싶다'라고 말하는 것에 지나지 않습니다.

"학원물을 쓰고 싶어요."

마찬가지로 이렇게 대답한 분이 있다면 '학교를 무대로 한 이야기를 쓰고 싶다'라고 생각하고 있을 뿐입니다.

그것만 정해놓으면 나머지 설정은 착착 만들어질 테니까 문제없어! 혹시 이렇게 생각하는 분이라면 앞으로 이어질 레슨은 필요 없습니다. 부디 이 책은 책장에 다시 꽂아둔 뒤, 마음 놓고 글쓰기에 돌입해주시기 바랍니다.

그것만으로는 어쩐지 불안해하는 분들을 위해 여기서 좋은 소식을 전해드리겠습니다.

장르 중에는, 사실은, 일정 정도의 플롯을 포함하고 있는 것이 몇 가지 있습니다.

"그런 장르가 있었나요?"

고개를 갸우뚱거리는 분도 계시네요. 그런데 '플롯'을 '약속된 전개'로 바꿔말하면 어떤가요? 어쩐지 짐작 가는 데가 있지 않나요?

이를테면, 《스토리텔링 7단계》에서도 예로 들었던 스포츠물 장르에는 다음과 같은 약속하에 전개되는 작품이 적지 않습니다.

어쩌다 보니 주인공이 사고뭉치 꼴찌 팀의 리더 역할을 수행하게 된다.

개성 넘치는 팀원들에게 휘둘리면서도 어떻게든 팀의 성적을 올리려고 고군분투하는 주인공.

노력한 보람 덕분에 팀은 멋지게 첫 시합에서 승리를 거둔다. 그 뒤에도 무패행진을 이어가며 최고의 상승세를 보이고 있었지만, 결승전 직전에 치명적인 갈등이 발생한다. 우승은 커녕 팀의 존속조차 장담하기 어려워진 것이다.

이제 다 틀렸다고 자포자기하던 결승전에서 주인공과 팀원들의 노력이 기적을 일으켜 팀은 결국 우승을 거두고, 모두가 행복한 결말을 맞이한다.

어떻습니까?

"아! 맞아요. 있어요!"

고개를 끄덕이는 분도 많이 계시네요.

1976년에 개봉한 미국 영화 〈꼴찌 야구단〉(리틀 야구)이나 1992년에 역시 미국에서 개봉한 〈마이티 덕〉(아이스하키), 소설 쪽을 보자면 미우라 시온의 《바람이 강하게 불고 있다》(하코네 역전 마라톤)*, 미즈노 무네노리의 《가슴 배구》(배구) 등 다양한 작품이 이 패턴으로 그려졌습니다. 경기 종목은 스포츠 이외에도 영화 〈스윙걸즈〉(빅 밴드 재즈)나 무로즈미 히카루의

---

* 일본에서 매년 1월 2~3일 양일간 진행되는 릴레이 마라톤 경기. 간토 지역의 각 대학에서 선발된 10명의 주자가 어깨띠를 이어받아 도쿄에서 하코네까지 왕복 코스를 달리며 실력을 겨룬다.

① 영화 〈꼴찌 야구단〉, 마이클 리치 감독, 파라마운트 픽처스
② 영화 〈마이티 덕〉, 스티븐 헤렉 감독, 월트 디즈니 픽처스
③ 영화 〈스윙걸즈〉, 야구치 시노부 감독, 도호
④ 소설/만화 《도립 미즈쇼 고등학교!》, 무로즈미 히카루 지음, 쇼가쿠칸

소설 《도립 미즈쇼 고등학교》(서비스업)* 등에서 볼 수 있듯이 매우 다양하며, 앞에서 언급한 플롯에 따라 진행되는 이야기는 예를 들자면 끝이 없습니다.

이처럼 대중에게 널리 사랑받는 이야기에는 몇 가지 전형적인 플롯이 있습니다.

이 책에서는 이것을 여러분이 이야기를 만들기 위한 토대 혹은 틀이라는 뜻에서 '템플릿template'으로 부르기로 하겠습니다.

다음 장부터는 다양한 템플릿을 소개하고, 각각의 템플릿

---

* 서비스업을 전문적으로 교육하는 공립 고등학교를 배경으로 하는 학원물로 2001년에 출간되었다. 이 소설을 원작으로 한 동명의 만화는 250만 부를 넘는 베스트셀러에 올랐고, 2019년에는 드라마로도 제작, 방영되었다.

을 바탕으로 독창적인 플롯을 만들기 위해서는 어떻게 해야 하는지, 함께 실습해나가며 생각해보겠습니다.

TEMPLATE 1
재난물

재난물이란

본론에 들어가기 앞서 잠시 앞 장에서 배운 내용을 다시 한 번 복습해보기로 하겠습니다.

여러 요소를 엮어 하나의 이야기로 정리해서 완결하는 스토리라인이 플롯입니다.

그 이야기의 양식을 다양한 관점에서 분류한 것이 장르입니다.

그 이야기에서 다뤄지는 사건이나 배경, 설정 등 재료가 되는 것이 소재입니다.

그 이야기에서 화자가 독자에게 전해주고 싶은 메시지나 사상, 사고방식이 테마입니다.

대중에게 널리 사랑받는 이야기에는 다양한 '약속된 전개'가 포함되어 있습니다. 이 책에서는 이것을 템플릿이라고 부르기로 했습니다.

머릿속에 잘 정리가 되셨나요?

앞으로 이어질 장에서는 다양한 템플릿을 바탕으로 여러분이 직접 플롯을 써보게 될 것입니다.

첫 번째로, 주인공이 위기에 처하면서 드라마가 시작되는 재난물을 써보기로 하겠습니다.

먼저 '재난'이라는 단어를 사전에서 찾아보면 '천재지변'이나 '재앙', '뜻밖에 일어난 큰 고난'이라는 뜻이 나옵니다.

영화 세계에서 '재난 영화'라고 하면, 재해나 대참사 등 갑작스레 일어난 이상 사태로 평온한 일상이 무너지고, 이를 계기로 벌어지는 다양한 드라마를 그려낸 장르를 가리킵니다.

위기에 처한 주인공은 싫든 좋든 뭔가를 할 수밖에 없는 상황에 당면하게 됩니다. 그런 의미에서 보자면 재난물은 글쓰기 초보자에게 권할 만한 플롯이라고 할 수 있습니다. 주인공이 행동에 나서게끔 할 수 있는 여지가 작가에게 상대적으로 많기 때문이지요.

그러면 바로 실습에 들어가겠습니다. 큼직한 종이를 준비해주십시오. 컴퓨터를 사용하는 분은 거기에 입력해나가셔도 좋습니다.

준비가 되셨나요?

이제 여러분이 '천재지변'이나 '재앙', '뜻밖에 일어난 큰 고난'이라고 생각하는 사건을 모두 적어주십시오. 적어도 50개, 가능하다면 100개 정도는 채워주시기 바랍니다.

이 책을 읽고 있는 여러분도 여기서 잠깐 책을 덮고 종이나 컴퓨터에 써보시기 바랍니다. 평범하고 틀에 박힌 아이디어라도 상관없습니다. 다양한 아이디어가 많이 나오는 것이 중요하니까요.

아시겠지요? 자, 시작!

실습 1

여러분이 '천재지변'이나 '재앙', '뜻밖에 일어난 큰 고난'이라고 생각하는 사건을 100개 써주십시오.

……다 쓰셨나요?

그러면 이 강의실에 있는 여러분이 적어낸 아이디어를 함께 살펴보기로 하겠습니다.

- 몸이 서서히 녹아내린다.
- 어느 날 갑자기, 급격하게 노화가 진행되기 시작한다.
- 지구에 혜성이 충돌한다.
- 외계인이 지구로 침략해온다.
- 거대 바퀴벌레가 출현한다.
- 인류가 급격하게 퇴화의 길을 걷기 시작한다.
- 대지진이 발생한다.
- 쓰나미가 몰려온다.
- 화산이 폭발한다.
- 일본이 침몰한다.
- 대가뭄으로 바다가 바싹 말라버린다.
- 지구 가열화가 급속하게 진행된다. 평균 기온이 섭씨 50도에 이른다.
- 빙하기가 도래해 지구가 눈과 얼음으로 뒤덮인다.
- 어느 날 갑자기, 미래를 볼 수 있게 된다.
- 어느 날 갑자기, 죽은 사람의 목소리를 들을 수 있게 된다.
- 어느 날 갑자기, 여동생의 정신이 이상해진다.
- 어느 날 갑자기, 자신의 얼굴이 다른 사람의 얼굴로 바뀐다.
- 어느 날 갑자기, 주변 사람 모두가 자신(=주인공)에 대해 잊어버린다.
- 어느 날 갑자기, 가족이 악마에게 홀린다.
- 어느 날 갑자기, 가족의 인격이 변한다.
- 어느 날 갑자기, 남편이 연쇄살인범이었다는 사실을 알게 된다.
- 어느 날 갑자기, 자신이 어떤 실험의 '모르모트'라는 사실을 알게 된다.
- 어느 날 갑자기, 자신이 살아가는 이 세계가 가상의 세계였다는 사실을 알게 된다.

- 눈을 뜨자, 자신이 죽어서 유령이 되어 있었다.
- 눈을 뜨자, 낯선 길에 홀로 서 있었다.
- 눈을 뜨자, 모든 기억이 사라진 상태였다.
- 눈을 뜨자, 남자 혹은 여자로 변해 있었다.
- 눈을 뜨자, 괴물로 변신해 있었다.
- 눈을 뜨자, 지명수배 중인 살인범과 얼굴이 똑같아져 있었다.
- 눈을 뜨자, 봉제 인형이 되어 있었다.
- 눈을 뜨자, 교도소 안에 있었다.
- 스토커에게 시달린다.
- 변태에게 시달린다.
- 쾌락 살인범의 표적이 된다.
- 횡령 의혹을 받게 된다.
- 살인 의혹을 받게 된다.
- 불륜 의혹을 받게 된다.
- 치한 의혹을 받게 된다.
- 집이 불타게 된다.
- 기억에 없는 빚을 떠안게 된다.
- 낯선 세계로 보내진다.
- 누군가에게 생명의 위협을 받는다.
- 집요하게 괴롭힘을 당하고 있지만, 범인을 알 수 없다.
- 인터넷상에서 자신을 둘러싼 악의적인 소문이 나돌고 있다.
- 휴대전화도 컴퓨터도 쓰지 못하게 된다.
- 대기오염이 심각해져서 압축한 산소를 넣어 두는 '산소 봄베' 없이는 일상생활이 불가능해진다.
- 오로지 자신만이 차별 대우를 받게 된다.
- 낯선 사람이 섞여 들어왔는데, 자기 말고는 아무도 알아채지 못한다.
- 시력에 이상이 생긴다.

- 다른 사람이 받아야 할 메일이 자신에게 온다.
- 기억과 현실이 서로 어긋난다.
- 막대한 유산이 굴러들어온다.
- 15분 후 폭발하도록 설정된 시한폭탄이 배달되어 온다.
- 여자 친구나 남자 친구가 완전히 딴사람이 되었는데, 주변에서는 아무도 알아채지 못한다.
- 완전히 똑같은 하루가 끝없이 반복된다.
- 낯선 길을 헤맨다.
- 하늘과 땅의 중력이 역전된다.
- 전쟁이 발발한다.
- 고양이가 인간의 말을 할 수 있게 된다.
- 죽은 조상이 되살아난다.
- 다른 사람의 속마음을 들을 수 있게 된다.
- 아이와 어른의 지능 수준이 역전된다.
- 다른 사람이 하는 말을 알아듣지 못하게 된다.
- 자신이 하마로 변신한다.
- 서서히 산소가 줄어들게 된다.
- 지구상에서 쇠가 사라지게 된다.
- 석유가 고갈된다.
- 전 인류의 엄지손가락이 없어진다.
- 모든 물이 술로 변한다.
- 전 세계의 컴퓨터가 일시에 먹통이 된다.
- 자신의 집에 유령이 나타나게 된다.
- 자신의 집에 판다가 나타나게 된다.
- 어느 날 갑자기, 시험에 불합격하면 사형에 처해지는 법률이 만들어진다.
- 지구의 자전이 멈춘다.
- 달이 사라진다.

- 자신의 집 마루 밑에서 시체가 발견된다.
- 꿈속에서 본 일이 실제로 일어난다.
- 어느 날 갑자기, 통장 잔고가 텅 비어버린다.
- 어느 날 갑자기, 자신의 집이 압류를 당한다.
- 전 세계적으로 정전 사태가 동시에 발생한다.
- 시간이 멈춘다.
- 시간이 거꾸로 흐르기 시작한다.
- 예지 능력을 갖게 된다.
- 세상에서 자신을 제외한 모든 인간이 사라진다.
- 아무 말 없이 끊는 전화가 자주 걸려온다.
- 온 세상이 적으로 돌아선다.
- 자신의 공을 누군가가 가로챈다.
- 오로지 자신만이 몸이 거대화한다.
- 저주에 걸려 개구리로 변해버린다.
- 어느 날 갑자기, 연인이 자신(=주인공)을 기억하지 못한다.
- 거대한 미궁 속에서 헤맨다.
- 인신공양의 제물로 선택된다.
- 아침에 눈을 뜨자, 기억에 없는 피가 손에 묻어 있었다.
- 아침에 눈을 뜨자, 낯모르는 남자가 옆에서 자고 있었다.
- 자신의 차 트렁크에 기억에 없는 마약이 들어 있었다.
- 정체 모를 인물에게 협박을 당한다.
- 정신을 차리고 보니, 거대한 냉동고 안에 갇혀 있었다.
- 자신이 타고 있던 비행기가 하이재킹을 당한다.
- 자신이 타고 있던 배가 조난을 당해 표류하기 시작한다.
- 자신이 타고 있던 제트 코스터가 사고로 폭주하기 시작한다.

네, 수고하셨습니다. 정확히 100개씩 적어내주셨군요.

아이디어 리스트를 전체적으로 훑어보니 어떻습니까? 한마디로 '이변'이라고 해도, 몇 가지의 계통으로 나누어진다는 것을 알아채셨나요?

아래는 '천재지변'이나 '재앙', '뜻밖에 일어난 큰 고난' 등 아이디어의 내용에 따라 계통별로 정리한 것입니다. 이제 한번 살펴보기로 할까요?

재해 계통

여러분이 적어낸 아이디어 가운데 가장 많았던 재해 계통으로는 "대지진", "쓰나미" 등이 있었습니다. 전염병의 유행, 자원의 고갈, 빙하기나 대가뭄의 도래 등 역시 이 계통에 해당합니다. 천재지변 이외에 "완전히 똑같은 하루가 끝없이 반복된다" 같은 아이디어도 그 일 때문에 사람들이 피해를 보게 된다면 재해의 한 종류로 볼 수 있을 겁니다.

침략 계통

두 번째로 많았던 아이디어가 "외계인이 지구로 침략해온다", "누군가에게 생명의 위협을 받는다" 같은 침략 계통입니다. 침략의 규모가 지구 전체인가, 자기 한 사람인가, 침략자가 외계인이나 유령인가, 혹은 연쇄살인범이나 스토커인가에 따라, 이후 전개 양상은 다채로워질 것입니다.

세계의 변질

"어느 날 갑자기, 자신이 살아가는 이 세계가 가상의 세계 였다는 사실을 알게 된다", "어느 날 갑자기, 시험에 불합격 하면 사형에 처하는 법률이 만들어진다"……. 이러한 것들은 그때까지 자신이 믿고 있었던 세계관이 근본적으로 무너지게 되는 사건입니다. "눈을 뜨자, 낯선 길에 홀로 서 있었다"라든 가 "아침에 눈을 뜨자, 기억에 없는 피가 손에 묻어 있었다" 등도 그때까지 굳게 믿고 있었던 세계가 완전히 바뀐다는 의 미에서 이 항목에 들어갑니다.

소외 계통

그다음으로 많았던 아이디어가 "온 세상이 적으로 돌아선 다", "오로지 자신만이 차별 대우를 받게 된다" 등의 소외 계 통입니다. 인간은 사회적 동물이므로, "오로지 자신만이 ○○ 당한다", "오로지 자신만이 ○○이다" 같은 상황에 직면하게 되면 누구나 심리적으로 부담감과 불안감을 느끼기 마련입니 다. 가령 어느 날 막대한 유산을 물려받게 되는 행운을 만났다고 합시다. 하지만 유산 때문에 주위 사람들과 잘 어울리지 못하거나 온갖 터무니없는 소문에 시달린다면 이미 그것은 행운이 아니라, 소외를 가져오는 재앙이라고 할 수 있을지도 모릅니다.

"오로지 자신만이……"라는 점에서 보자면 다음에 설명할 신체의 이변이나 이능력에도 소외의 요소가 있다고 볼 수 있겠습니다.

신체의 이변

"몸이 서서히 녹아내린다", "어느 날 갑자기, 급격하게 노화가 진행되기 시작한다" 등과 같이 사람의 몸에 직접적으로 영향을 미치는 이변입니다. "저주에 걸려 개구리로 변해버린다" 등의 아이디어 역시 신체가 변한다는 점에서 이 항목에 들어갑니다. 이러한 신체의 변이가 자신만이 아니라 세계 전반에 걸쳐 진행되는 경우라면, 앞서 설명한 재해 계통에 포함시킬 수도 있습니다. 또 자신의 몸에만 이변이 생겼고, 그 때문에 주위 사람에게 차별을 당하거나 쫓기는 경우라면 소외 계통으로 분류할 수도 있습니다.

이능력

"어느 날 갑자기, 미래를 볼 수
있게 된다", "예지 능력을 갖게 된
다"와 같은 종류의 변이입니다. 재
난물을 쓰려고 하는 경우라면, 남
들과는 다른 특별한 능력을 갖게
되자 도리어 어떤 어려움을 겪게

영화 〈스파이더맨〉, 샘 레이미
감독, SPE(소니 픽처스 엔터테
인먼트)/콜롬비아 픽처스

된다거나 문제에 맞닥뜨린다거나 하는 식으로 이야기를 전개
해나가는 것이 일반적입니다. 그런데 이 특별한 능력을 이용
해서 악당들을 척척 쓰러트린다는 식으로 끌고가면, 재난물
이 아니라 히어로물이 됩니다. 물론 영화 〈스파이더맨〉처럼
양쪽을 조합한 형태로 이야기를 서술해가는 방법도 있습니다
만……. 그러고 보니 〈스파이더맨〉에는 히어로의 고독이라는
소외 계통의 요소도 담겨 있었군요.

가족의 이변

"어느 날 갑자기, 가족이 악마에게 홀린다", "어느 날 갑자
기, 남편이 연쇄살인범이었다는 사실을 알게 된다" 등 가족의
신변에 닥친 이변은 달리 벗어날 방도가 없을 만큼 절박하고
숨 막히는 상황을 만들 수 있습니다. 여기에 "남편의 실체는

살인범인데도 바깥에서는 훌륭한 인격자로 통하고 있어서, 아무도 자신의 말을 믿어 주지 않는다"라거나 "비밀을 폭로했다가는 아이를 죽이겠다는 협박을 받아서, 아무에게도 사실을 말할 수 없다"라거나 하는 조건이 더해지면 긴박감은 한층 더 고조됩니다.

수상쩍은 사건

"아무 말 없이 끊는 전화가 자주 걸려온다", "다른 사람이 받아야 할 메일이 자신에게 온다" 등 일상의 사소한, 하지만 수상쩍은 사건은 작가가 어떻게 쓰느냐에 따라서 상당히 무서운 상황으로 만들 수 있습니다. "사실 그 전화는 자신을 노리는 스토커가 걸어온 것이었다"라는 식이라면 침략 계통이고, "아무도 그것을 믿어 주지 않는다"라는 식이라면 소외 계통입니다.

지금까지 여러분이 적어낸 아이디어를 바탕으로 재난의 여러 유형을 계통별로 정리해보았습니다.

물론 재앙이나 불행의 종류는 그 밖에도 아직 많이 있을 것입니다. 부디 여러분 각자가 지혜를 발휘해 독자들이나 제가 깜짝 놀랄 만한 재난을 발견해주시기 바랍니다.

재난물 플롯 만들기

그러면 이러한 재난을 참고로 해서 실제로 재난물의 플롯을 써보기로 하겠습니다.

아래에 예로 든 것은 재난물의 전형적인 템플릿입니다. 도중에 몇 개의 갈래로 나뉘는 부분이 있기는 해도, 구조는 매우 단순합니다.

템플릿 1

❶ **주인공의 주변에서 이변이 일어난다.**

❷ **주인공은 그 이변에……**

　(가) 자진해서 적극적으로 개입한다.

　(나) 어쩔 수 없이 휘말리게 된다.

❸ **이변이 점점 더 심화된다.**

❹ **주인공은 마침내……**

　(가) 자력으로 이변을 해결한다.

　(나) 이변에서 탈출에 성공한다.

　(다) 이변이 자연스럽게 소멸한다.

　(라) 새드 엔딩을 맞는다(=해결·탈출에 실패한다).

①부터 차례대로 살펴보겠습니다.

주인공의 주변에서 이변이 일어난다. 이변이란 조금 전 실습에서 예로 든 '천재지변'이나 '재앙', '뜻밖에 일어난 큰 고난'을 말합니다.

여기서는 "어느 날 갑자기, 주인공이 사는 마을에 좀비가 출현해서 증식하기 시작했다"라는 간단한 설정을 예로 들어 생각해보겠습니다.

②에서는 ①에서 일어난 이변에 대해 주인공이 앞으로 어떻게 행동할지를 정해볼 것입니다.

이 강의실에 앉아 있는 여러분 대부분이 학생이거나 일반 직장인이시겠지요? 가령 여러분이 사는 마을에 갑자기 좀비가 나타나 마구 증식하기 시작했다면, 여러분은 어떻게 대처하실 생각인가요?

"일단 도망갈 거예요."

"집 안에 꼭꼭 숨어서 어떻게든 상황을 잘 넘겨야겠죠."

그렇습니다. 상식적으로 생각하자면, 좀비와 싸우려고 무작정 덤벼드는 사람은 없겠지요. 하지만 만약 여러분이 경찰관, 혹은 구조대원이라면 어떻게 하시겠습니까?

"좀비를 향해 발포한다?"

"습격을 당한 사람을 구하려고 한다든지……."

네, 맞습니다. 보통 일반인보다는 조금 더 적극적으로 이변에 개입하려고 하겠지요. 혹은 여러분이 좀비를 몰아내기 위해 파견된 군인이라면, 더더욱 적극적으로 행동할 수밖에 없을 것입니다.

이것이 (가)의 자진해서 적극적으로 개입한다는 패턴입니다.

그렇다면 주인공이 평범한 학생이거나 혹은 회사원인 경우라면 어떻게 될까요? 현실 세계에서는 여러분이 조금 전에 말한 대로 행동하는 것이 당연하겠지요. 하지만 픽션의 세계에서는 다릅니다. 주인공이 이변에 개입하지 않는다면, 아무리 시간이 흘러도 본격적인 이야기가 시작되지 않습니다. 따라서 "급기야 집 대문이 부서지고, 좀비가 우르르 들이닥쳤다!", 혹은 "인근 도시에 사는 자신의 여자 친구가 좀비에게 습격을 당해 SOS 메시지를 보내왔다!"라는 식으로 어쩔 수 없이 휘말리게 된다는 (나)의 패턴이 필요한 것이지요.

③의 이변의 심화, 이 대목이 이야기의 중간 부분에 해당합니다.

여자 친구에게 SOS 메시지를 받은 주인공은 안전한 집을 나와 위험천만한 바깥으로 나갈 수밖에 없어진다. 간신히 좀비를 피해서 지하철역에 도착했지만, 역 앞은 온통 좀비로 득

실대는 상황이라서 들키지 않고 빠져나가기는 도저히 불가능해보인다. 포기하고 돌아서려는데 집으로 가는 길은 정부의 명령으로 이미 봉쇄된 상태여서 주인공은 좀비와 같은 공간에 갇히고 만다…….

이런 식으로 점점 위험도를 높여가는 것이 좋습니다. 그렇게 하면 독자는 꼼짝없이 여러분의 이야기 속으로 빠져들어갈 수밖에 없을 것입니다.

④는 이야기의 결말입니다. 재난물에서 결말을 맺는 방식은 크게 세 가지 패턴의 해피 엔딩과 한 가지 패턴의 새드 엔딩으로 나누어집니다.

예를 들어, 의사인 주인공이 좀비 바이러스를 치료할 백신 개발에 성공하는 결말이 (가)의 자력으로 이변을 해결한다는 패턴입니다. 평범한 학생인 주인공이 여자 친구를 데리고 가까스로 좀비가 없는 지역까지 무사히 도망쳐 나온다면 (나)의 이변에서 탈출에 성공한다는 패턴이 됩니다. 또 정부에서 파견한 군대가 좀비를 모조리 퇴치했다는 결말에 이르면 (다)의 이변이 자연스럽게 소멸한다는 패턴이 되겠지요.

마지막으로 (라)의 새드 엔딩에 관해서는 나중에 조금 더 설명이 필요할 것 같네요.

어떤가요? 어느 정도 흐름이 파악되셨나요?

그러면 각자 이 템플릿을 이용해서 재난물의 플롯을 써보기로 하겠습니다. 플롯이기 때문에 길게 적을 필요는 없습니다.

- ◆ 작품의 제목
- ◆ 주인공의 주변에서 일어난 이변이란 무엇인가?
- ◆ 주인공은 그 이변에 자진해서 적극적으로 개입하는가? 휘말리게 되는가?
- ◆ 이변은 어떻게 점점 더 심화되는가?
- ◆ 주인공은 결국 어떻게 되는가?

이상 다섯 가지 사항을 생각하면서 써주시면 됩니다.

이 책을 읽고 있는 여러분도 여기서 일단 책을 덮고 실습에 들어가주시기 바랍니다.

아시겠지요? 자, 준비, 시작!

실습 2

54쪽의 템플릿을 이용해서 재난물의 플롯을 써주십시오.

……어떠셨나요? 다 쓰셨나요?

그러면 이제 여러분의 작품 가운데 한 편을 골라서 살펴보기로 하겠습니다.

제목 《SNS 해저드 SNS HAZARD》

① 주인공의 주변에서 이변이 일어난다.

전 세계에 깊숙이 침투한 대규모 SNS '아발론'. 인류는 태어나자마자 아발론에 접속하기 위한 단말 장치가 뇌에 이식되고, 간단한 쇼핑에서부터 군사 행동에 이르기까지 개인의 모든 일상과 행동이 아발론으로 실시간으로 전송된다.

어느 날, 주인공 료지가 다니는 고등학교에서 같은 반 친구가 수업 중에 돌연 괴성을 내지르며 옆자리 친구에게 달려들어 목덜미를 물어뜯는 사건이 일어난다.

학교 측은 료지의 반 전체 학생에게 등교 중지 결정을 내리고, 경찰은 료지를 비롯한 반 친구들에게 이 사건에 관해서는 "절대로 한마디도 입 밖에 내서는 안 된다"라며 단단히 입단속을 시킨다.

집으로 돌아온 료지는 조금 전 학교에서 벌어진 사건에 관한 이야기를 인터넷 게시판에 올리는데, 그 게시물은 당장 삭

제되고 만다. 똑같은 내용의 글을 올려보지만 오류 메시지만 거듭해서 뜰 뿐이다.

블로그나 인터넷 게시판에 이 사건에 관한 글을 써 올린 반 친구들이 료지 외에도 있었지만, 마찬가지로 모조리 삭제되어 버렸다고 한다.

② 주인공은 그 이변에······자진해서 적극적으로 개입한다.

이 상황이 마음에 걸린 료지는 사건의 진상에 대해 알고 싶어졌고, 결국 직접 조사에 나선다. 료지의 아버지가 아발론 개발에 참여한 기술자였던 덕분에, 료지는 여느 고등학생보다 아발론에 대해서는 잘 알고 있었다.

③ 이변이 점점 더 심화된다.

료지가 사건에 점점 더 다가가는 사이에 다른 곳에서도 갑자기 미치광이처럼 날뛰는 인간이 수도 없이 출현했다는 사실을 알게 된다. 이들에게는 광기에 휩싸여 이상 행동을 보이기 몇 시간 전 아발론 내에서 검은 아바타와 접촉한 공통점이 있었다.

광인들과 그들에게 희생을 당한 사람들의 수가 전 세계적으로 순식간에 5만 명을 넘어서고 있었다. 광인 바이러스가 퍼지고 있다는 흉흉한 소문이 돌면서 사람들은 공포에 떨기 시작한다.

아발론 내의 검은 아바타와 광인 바이러스 사이에 모종의 관계가 있으리라 직감한 료지는 검은 아바타와 조우하는 순간을 대비해 아버지의 도움으로 공격용 바이러스 소프트웨어를 손에 넣는다.

그러던 중, 료지의 친구 한 명이 검은 아바타와 눈을 마주치게 되었고, 몇 시간 뒤 광기에 휩싸이고 만다. 이 친구와 접촉한 또 다른 친구 역시 몇 시간 뒤에 미쳐버리게 된다.

지금까지 료지는 검은 아바타와 접촉해야만 광인 바이러스에 감염된다고 생각해왔지만, 실제로는 광인과 접촉한 사람들 역시 이상 행동을 보인다는 사실을 알게 된다.

광인들과 사망한 사람의 수는 이미 전 세계에서 100만 명을 넘어선 상태였고, 아발론 내에서 감염되었을 것으로 예상되는 사람들은 격리되기 시작한다. 아발론에 접속하기 위해 이식된 단말 장치는 한 번 머리에 심어지면 제거할 수가 없다. 또한 아발론 내에서는 로그아웃을 해도 자신의 아바타가 사라지지 않는다. 그러므로 검은 아바타에게서 자신의 아바타를 지키기 위해서는 줄곧 로그인 상태를 유지해야만 하는 상황이다.

인터넷 세계에서 벗어날 수 없게 된 사람들은 식량과 생필품을 사재기하기 시작하고, 대부분의 도시는 텅 빈 유령 마을처럼 변하고 만다.

④ 주인공은 마침내……자력으로 이변을 해결한다.

료지는 검은 아바타의 이동 로그를 추적해 발생 지점을 밝혀낸다. 그곳은 아발론을 관리하는 네트워크 내의 가상 인격 'AI'가 통치하는 연구소였다. 연구소에 잠입한 료지는 AI와 맞닥뜨리게 되고, 자신을 노예처럼 부려먹는 인류를 AI가 증오하고 있다는 사실을 알게 된다.

료지가 아버지에게 받은 바이러스 소프트웨어를 AI에 이식하자, AI는 점차 흐릿해지다 마침내 사라진다. 연구소에서 백신이 개발되고, AI와 검은 아바타가 일으킨 일련의 사태는 수습된다.

네, 수고하셨습니다. 인터넷상에서 퍼지는 광인 바이러스를 소재로 한 재난물이군요. ①~④의 흐름도 매끄럽게 이어서 잘 쓰셨습니다. 다만 ③의 이변이 점점 더 심화된다는 부분이 조금 아쉽습니다.

료지는 검은 아바타와 접촉해야만 광인 바이러스에 감염되다고 생각해왔지만, 실제로는 광인과 접촉한 사람들 역시 이상 행동을 보인다는 사실을 알게 된다.

욕심을 말하자면, 여기에서 감염원인 검은 아바타가 끊임없이 변이를 일으키며 점차 강력해진다는 식의 전개가 더해지면, 이변이 심화되는 과정이 훨씬 뚜렷하게 드러나게 될 것으로 생각합니다.

그러면 다른 분의 작품도 한 편 더 살펴보기로 하겠습니다.

작품 예시 2

제목 《선로는 이어진다 어디까지라도》

① 주인공의 주변에서 이변이 일어난다.

유리는 매일 아침, 같은 시간대, 같은 전철의 맨 마지막 칸에 올라타 학교에 간다.

전국 취주악부 콩쿠르가 열린 날 유리는 솔로 연주 부분에서 실수를 하고, 이후 다른 부원에게 솔로 파트를 빼앗기고 만다. 분한 마음에 이를 악물고 연습에 매진하는데, 이번에는 성적이 걸림돌이다. 부모님은 다음번 시험에서 좋은 점수를 받지 못하면 동아리 활동도 그만두게 할 거라고 으름장을 놓는다.

유리는 필사적으로 공부에 매달리고, 시험 당일에는 밤을 지새우며 공부를 하다 아침을 맞는다. 운 좋게 전철에서 자리를 잡고 앉은 유리는 '시험을 망치면 어떡하지. 시험 같은 건 없어졌으면 좋겠어'라며 걱정을 하다가 깜빡 잠이 든다. 이윽고 유리가 눈을 뜨자, 주위에는 아무도 없었다. 창밖으로는 낯선 풍경이 펼쳐지고 있었고, 전철 내의 구조도 잠들기 전과는 약간 다르게 느껴진다.

② 주인공은 그 변이에…… 어쩔 수 없이 휘말리게 된다.

유리는 허둥지둥 휴대전화로 학교와 집에 연락을 하려고 하지만, 연결이 되지 않는다.

옆 칸에 한 소년이 타고 있는 것을 발견한 유리는 다가가서 그에게 말을 건다. 그의 이름은 도조 고스케. 고스케 역시 유리와 같은 전철을 타고 있었는데, 문득 정신을 차리고 보니 주위에 아무도 없었고, 다음 역에서도 정차하지 않아서 난감해하던 참이었다고 말한다.

고스케는 유리보다 철도에 대해 아는 것이 많았다. 바깥의 풍경과 전철 내부의 모습을 봐서는 그들이 지금 타고 있는 것은 자신들이 늘 이용하던 전철도 아니고 노선도 다르다고 말한다. 그러고서 "기관사에게 물어보면 뭔가 알 수 있을지도 몰라. 일단 맨 앞 칸으로 가보자"라고 말한다.

③ 이변이 점점 더 심화된다.

하지만 두 사람은 좀처럼 맨 앞 칸에 도달할 수가 없었다. 한 칸씩 통과할 때마다 광고판이 두 사람의 머리 위로 떨어지거나 엄청난 수의 벌레가 출현하는 등 터무니없는 일이 벌어진다. 그럴 때마다 당황해서 어쩔 줄 몰라 하는 유리의 손을 잡아끌며 고스케는 한 칸씩 앞으로 이동한다.

피로가 몰려오기 시작할 무렵, 괴성을 지르며 흉기를 휘두르는 남자가 바로 뒤 칸에서 나타난다. 두 사람은 다음 칸으로 있는 힘껏 달려가 가지고 있던 물건으로 문이 열리지 않도록 고정한다.

"아까 네가 뒤쪽에는 아무도 없다고 했잖아?"

유리를 수상쩍게 여긴 고스케는 그녀를 두고 혼자 가려고 한다. 그때 남자가 문을 부수고 그들을 향해 달려온다. 유리는 순간적으로 몸을 던져 고스케를 감싼다. 결국 두 사람에게 붙잡힌 남자는 한순간에 연기처럼 사라진다. 고스케는 유리에게 고맙다고 말한다. 화해한 두 사람은 느디어 맨 앞 칸에

도착한다. 그러나 운전석에는 아무도 없다.

고스케는 운전석 맞은편 쪽을 손가락으로 가리키며 소리친다.

"뭔가 있어!"

앞쪽 선로 위에 뭔가 검은 덩어리가 누워 있는 것이 보였다. 그대로 달린다면 충돌을 피할 수 없다. 유리는 "멈춰야해!"라고 외치며 운전석으로 뛰어들지만, 정작 어떻게 멈추는지는 알지 못한다. 그때 유리를 옆으로 밀치며 고스케가 운전석에 앉는다.

④ 주인공은 마침내…… 이번에서 탈출에 성공한다.

고스케는 시뮬레이터로 전철을 운전해본 경험이 있었다. 그때의 기억을 떠올려 충돌 직전 가까스로 전철을 세우는데, 검은 덩어리는 온데간데없이 사라진 뒤였다.

두 사람은 서로 얼굴을 마주보다가 천천히 운전석에서 일어나 선로 쪽으로 내려온다. 전철의 외관을 본 고스케가 말한다.

"이건 C117이잖아. 벌써 옛날에 은퇴한 전철인데."

유리는 아주 오래전 C117의 은퇴식에 참가한 날을 떠올렸다. 그날 은퇴식 행사 가운데 추첨에 당첨된 아이들이 운전석에 앉아보는 기회가 주어지는 이벤트가 있었다. 그 아이들이 유리와 고스케였다. 뜻밖의 공통점에 놀란 두 사람은 자기도 모르게 전철을 올려다보았다.

그 순간, 전철에 얽힌 파란만장한 역사가 환상처럼 눈앞에 펼쳐진다. 전쟁 중 폭격에 휩쓸리는 장면, 술주정뱅이가 난동을 피우는 장면, 만원 전철에 벌이 날아들어 소동이 벌어지는 장면, 선로에 거목이 쓰러져 사고가 일어나는 장면…….

C117과 마지막으로 인연을 맺었던 유리와 고스케는 둘 다 '전철에서 내리고 싶지 않다'라는 마음을 품고 있었다. 두 사람의 마음이 공명하여, 이 세계로 전철을 불러오고 만 것이다.

고스케 역시 학교 친구와 잘 어울리지 못했고, 거기다 입시 스트레스에 짓눌리다가 '차라리 이대로 멀리 떠나고 싶다'라고 생각하며 전철을 탔다고 말한다.

유리는 돌아가고 싶다고 말하고, 고스케도 동의한다.

"고스케, 널 기억할게."

유리가 말하자, 전철의 헤드라이트가 반짝 빛을 발한다. 유리는 눈을 감는다.

눈을 뜨자, 유리는 원래 타고 있던 전철 안에 있었다. 바로 다음 역이 학교다. 유리가 전철에서 내리자, 누군가가 그녀의 어깨를 두드린다. 고스케였다. 두 사람은 연락처를 교환한다.

　며칠 후 유리는 만족스러운 시험 성적표를 받아든다. 집으로 돌아가는 전철 안에서 그녀는 고스케에게 문자 메시지를 보내고, 철도 박물관에 함께 가자고 약속한다.

　네, 수고하셨습니다. 〈트와일라이트 존〉이나 〈세상의 기묘한 이야기〉를 떠올리게 하는 환상적인 플롯이군요.

　전체적인 흐름은 알겠습니다만, 플롯의 곳곳에 불필요하리만치 세세한 묘사가 들어간 부분이라든지, ③의 이변이 점점 더 심화된다는 부분에서 어떻게 심화되는지가 명확하지 않은 점이 다소 마음에 걸립니다. 무슨 이야기인지는 옆의 그림을 보면서 설명해드리겠습니다.

① TV 드라마 〈트와일라이트 존〉, 미국 CBS 등
② TV 드라마 〈세상의 기묘한 이야기〉, 후지TV/교도TV

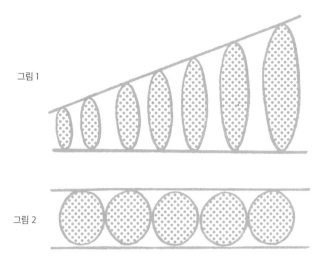

그림 1

그림 2

"변이를 점점 더 심화시켜 주세요"라는 말은 그림 1처럼 "점차 사태를 더 크게 키워주세요"라는 뜻입니다. 이 플롯에 서는,

광고판이 두 사람의 머리 위로 떨어진다,

엄청난 수의 벌레가 출현한다,

괴성을 지르며 흉기를 휘두르는 남자가 출현한다,

등등 몇몇 사건이 일어나기는 해도 사건과 사건 사이에 연결 고리가 없고, 사건의 규모 또는 주인공들이 느끼는 위기감

역시 그림 2처럼 전부 비슷비슷해 보입니다.

영화 〈심연〉, 제임스 카메론 감독, 20세기 폭스

모처럼 '달리는 전철'이라는 밀실 상태를 만들었으니, 조금 더 이 긴장 상태를 살릴 만한 연출을 구상했더라면 한결 좋지 않았을까 합니다.

"저기, 일단 그렇게 만들어보려고 나름대로 고민했어요. 그래서 흉기를 휘두르는 남자가 출현하는 대목에서 고스케가 유리를 의심하는 장면을 넣었고요."

그렇군요. 그렇다면 그리 간단히 의심을 풀어서는 안 됩니다. 고스케도 유리도 서로를 믿지 못하는 상태에서 차례차례 닥쳐오는 위기에 직면하지 않으면 안 된다…… 이런 식으로 풀어나가면, 훨씬 긴장감 넘치는 상황을 만들 수 있겠지요.

하나 더, 내부의 적 또는 배신자의 존재를 등장시키는 것은 재난물의 긴박감을 끌어올리는 데 매우 도움이 되는 연출입니다. 1989년 할리우드에서 제작된 제임스 카메본 감독의 〈심연〉이라는 영화는 밀실 혹은 내부의 적이라는 상황을 상당히 잘 구사한 작품이므로 참고해보시면 좋겠습니다. 흥미가 가는 사람은 이번 기회에 꼭 감상해보시기를 권합니다.

지금까지 재난물을 쓰는 가장 기본적인 방법에 대해 설명을 드렸습니다.

다음에는 완전히 분위기를 바꿔서, 로맨틱 코미디의 템플릿을 소개하기로 하겠습니다.

TEMPLATE 2
로맨틱 코미디

로맨틱 코미디란

　로맨틱 코미디란 희극적 요소가 가미된 사랑 이야기로, 정확히는 1930년대 할리우드에서 전형이 확립된 영화의 한 장르를 가리킵니다. 주로 남녀 관계를 다루되 주인공들이 서로 오해를 하면서 많은 시행착오를 겪지만, 난관을 극복하고 결국에는 결합하게 된다는 내용이 주를 이룹니다. 한편 처음에는 좋은 관계였던 주인공들이 헤어졌다가 어렵게 다시 만나게 되는 형식도 있습니다만, 이 책에서는 간단히 말해 우여곡절 끝에 해피 엔딩으로 끝나는 사랑 이야기 정도의 의미로 사용하기로 하겠습니다.

　로맨틱 코미디는 응용 범위가 상당히 넓은 플롯입니다. 앞 장에서 소개한 재난물을 비롯하여 호러물, SF물, 추리소설 등 다른 장르로 분류되는 이야기라고 해도 독자들이 좀 더 재미있게 읽을 수 있도록, 혹은 '코미디 릴리프'* 같은 효과를 주기 위해 로맨틱 코미디의 성격을 띤 에피소드가 삽입되는 경우가 종종 있습니다.

로맨틱 코미디를 쓰는 방법을 충분히 익히고 나면, 다양한 장르와 얼마든지 결합해 이야기를 만드는 것도 가능해진다는 말입니다.

로맨틱 코미디의 골격은 매우 단순합니다.

템플릿 2

① 남녀(동성 커플의 경우는 남남, 여여)가 우연히 만나 사랑에 빠진다.
② 두 사람은 여러 가지 장애물을 뛰어넘는다.
③ 마침내 두 사람의 사랑이 이루어진다.

여기서 초보자 여러분이 주의해야 할 점이 하나 있습니다. ②의 "두 사람은 여러 가지 장애물을 뛰어넘는다"라는 부분인데요. 처음 얼마 동안은 "여자 주인공이 연쇄살인범의 표적이 된다" 또는 "두 사람이 탄 비행기가 하이재킹을 당한

---

* 심각한 장면에 우스운 장면을 삽입하여 긴장감을 떨어뜨리는 기법입니다.—저자주

다"와 같이 생명과 안전을 위협하는 위기 상황을 장애물로 설정해서는 안 된다는 것입니다!

아직 이야기를 만드는 데 익숙하지 않은 단계에서 이런 식으로 설정하게 되면 로맨틱 코미디라기보다 재난물이나 서스펜스의 성격이 강한 플롯으로 흘러가버리기 십상이기 때문입니다.

생명이나 안전상의 위기 말고, 주인공인 두 사람이 그리 쉽게는 연인 사이로 발전하지 못한다거나, 연인 사이가 된 뒤로 좀처럼 평온한 일상을 보내지 못한다거나 하는 식의 상황을 생각해보시기 바랍니다.

물론 이 장을 시작하면서 이야기했다시피 재난물이나 액션물과 같은 장르에 로맨틱 코미디의 요소를 넣는 것은 가능합니다. 하지만 이번에 여러분이 연습해야 할 것은 어디까지나 로맨틱 코미디의 기본적인 플롯입니다. 로맨틱 코미디에 별 흥미를 못 느끼는 사람도 있겠지만, 지금은 기본기를 닦는 과정이므로 잘 따라와주시기 바랍니다.

그러면 바로 실습에 들어가보기로 하겠습니다.

여러분이 '사랑의 장애물'이라고 생각하는 사건을 100개 적어주십시오. (※단, 생명이나 안전과 직결되는 위기는 제외할 것)

……다 쓰셨습니까?

그럼 이제 여러분이 작성한 아이디어 리스트를 살펴보기로 하겠습니다.

- 한쪽이 일방적으로 상대방을 짝사랑한다.
- 한쪽은 이미 연인이 있다.
- 두 사람 다 각각 연인이 있다.
- 두 사람 다 기혼자이다.
- 신분 차이가 나는 사랑.
- 상대방 또는 자신이 인간이 아니다. 흡혈귀, 늑대인간 등.
- 연인이 사실은 유령이다.
- 남에게 털어놓을 수 없는 비밀이 있다.
- 과거에 저지른 잘못을 숨기고 있다.
- 남편이나 약혼자가 있는 것을 숨기고 있다.
- 사랑의 라이벌이 있다.
- 두 사람의 관계를 가족이 반대하고 있다.
- 가족도 라이벌도 아닌, 두 사람의 사랑을 방해하는 사람이 있다.
- 두 사람은 직장 동료이지만, 사내 연애가 금지되어 있다.
- 연인은 정의의 히어로로, 괴수가 나타나면 무조건 출동해야 한다.
- 연인은 마법소녀로, 몬스터가 나타나면 무조건 싸워야 한다.
- 장거리 연애.
- 영화 〈레이크 하우스〉처럼 자신과 연인의 사이가 시간의 벽에 가로막혀 있다.
- 연인이 된 후, 두 사람이 혈연 관계라는 사실을 알게 된다.
- 한쪽이 난치병에 걸린 상태이다.
- 한쪽이 저주에 걸린 상태이다.

---

* 시공간을 뛰어넘어 사랑에 빠지는 남녀의 이야기를 그린 미국 영화로, 우리나라 영화 〈시월애〉를 리메이크한 작품이다.

- 수줍은 성격 탓에 상대방에게 고백하지 못한다.
- 한쪽이 상대방에게 고백하는 것을 견제하는 사람이 있다.
- 전쟁이 한창이어서 사랑이니 연애니 할 처지가 아니다.
- 국가 체제나 사회 구조상 자유연애가 금지되어 있다.
- 한쪽이 자신의 마음을 알아채지 못하고 있다.
- 한쪽이 상대방의 마음을 알아채지 못하고 있다.
- 두 사람 다 자신의 마음을 알아채지 못하고 있다.
- 친한 친구와 동시에 같은 사람을 좋아하게 되었다.
- 자존심이 너무 강해서 상대방을 솔직하게 사랑하지 못한다.
- 사랑해서는 안 되는 사람을 사랑하게 되었다.
- 오빠나 여동생을 사랑하게 되고 말았다.
- 부모의 원수를 사랑하게 되고 말았다.
- 부모 사이가 그다지 좋지 않다.
- 서로 적대하는 국가의 왕자와 공주.
- 한쪽은 동성애자, 다른 한쪽은 이성애자.
- 한쪽이 이야기가 전개되는 도중에 연인보다 먼저 죽는다.
- 한쪽이 이야기가 전개되는 도중에 행방불명이 된다.
- 한쪽이 이야기가 전개되는 도중에 바람을 피운다.
- 한쪽이 이야기가 전개되는 도중에 사랑을 포기한다.
- 한쪽이 탑 같은 곳에 유폐되어 있다.
- 한쪽이 교도소에 수감되어 있다.
- 서로 나이 차이가 심하게 난다.
- 서로 국적이 다르다.
- 서로 살아온 문화가 다르다.
- 서로 가치관이 다르다.
- 잔소리가 심한 시어머니와 같이 산다.
- 시스터 콤플렉스가 있는 오빠와 같이 산다.

- 브라더 콤플렉스가 있는 여동생과 같이 산다.
- 한쪽에게 딸린 아이가 있다.
- 한쪽이 지독하게 가난하다.
- 삼각관계.
- 두 명의 이성에게 동시에 고백을 받았는데, 어느 한쪽으로 마음을 정하지 못하고 있다.
- 한쪽이 인기가 많아서 여러 이성에게 고백을 받는다.
- 한쪽이 알코올 중독 또는 쇼핑 중독 등 무언가 좋지 않은 습관이 있다.
- 연인의 모습을 자신밖에 볼 수 없다.
- 연인이 되려면 시험을 통과해야만 한다.
- 연인의 오빠에게 이겨야만 교제를 허락받을 수 있다.
- 가구야히메 처럼 무언가 귀중한 물건을 가져오지 않으면 결혼으로 이어질 수 없다.
- 한쪽이 성격에 문제가 있다.
- 한쪽에게 이미 약혼자가 있다.
- 한쪽이 갑자기 기억상실증에 걸린다.
- 임신을 계기로 두 사람의 관계가 삐걱대기 시작한다.
- 한쪽이 맞선을 본 일을 계기로 두 사람이 다툰다.
- 한쪽이 사랑보다 일을 우선한다.
- 연인에게 도저히 참을 수 없는 나쁜 버릇이 있다.
- 한쪽이 스토커에게 시달리고 있다.
- 한쪽이 이중인격이다.
- 키스를 하면 무언가로 변신해버린다.

* 일본에서 가장 오래된 설화로 전해지는 《다케토리 모노가타리》등장하는 달나라에서 온 공주님. 대나무를 팔아 생계를 꾸리던 노인이 빛나는 대나무 속에서 여자아이를 발견하고 딸로 키우게 된다. 아름다운 아가씨로 성장한 가구야히메는 많은 구혼자에게 청혼을 받지만, 신기한 보물을 구해오라는 무리한 조건을 내걸면서 구혼자들의 청혼을 거절한다. 훗날 자신이 달에서 온 공주임을 밝히며 돌아간다.

- 남자 주인공의 측근이 두 사람의 사랑을 반대한다.
- 여자 주인공의 형제에게 미움을 받고 있다.
- 한쪽이 아주 형편없는 인간이다.
- 남에게 불쾌감을 주거나 빈축을 사기 쉬운 버릇을 가지고 있다.
- 남자 주인공이 엄청난 호색한이다.
- 여자 주인공이 지독한 결벽증을 가지고 있다.
- 한쪽이 인형이다.
- 한쪽이 로봇 또는 안드로이드이다.
- 두 사람의 교제를 금지하는 법률이 있다.
- 여자 주인공이 곧 죽을 운명이다.
- 남자 주인공이 급속하게 나이를 먹어간다.
- 두 사람의 사이가 물리적인 벽에 가로막혀 있다.
- 불의 요정과 물의 요정처럼 서로가 서로의 약점이 된다.
- 연인이 사실은 대도둑이었다.
- 연인이 사실은 암살자였다.
- 연인이 사실은 유치원생이었다.
- 연인이 사실은 유명인이어서 드러내놓고 교제를 할 수 없다.
- 세상을 떠난 연인에게 미안해서 새로운 연인을 만들 수 없다.
- 연인이 막대한 빚 때문에 유곽으로 팔려갔다.
- 연인이 갑자기 알아듣지 못하는 말을 하기 시작한다.
- 연인의 인격이 갑자기 바뀌었다.
- 남자 주인공이 귀여운 소녀 귀신에게 씌었다.
- 여자 주인공이 잘생긴 남자 귀신에게 씌었다.
- 연인이 돌연 어린아이가 되어버렸다.
- 연인이 돌연 양동이로 변신한다.
- 연인이 돌연 미녀 또는 미남으로 변신한다.
- 예전에 본 〈은밀한 유혹〉이라는 영화처럼 큰 빚을 떠안고 있는 부부 앞에

억만장자가 나타나 아내와 하룻밤을 지내는 대가로 백만 달러를 주겠다고
제안하는 이야기 같은 것.

- 어쩌다 그만 연인에게 의심이나 오해를 받는다.
- 갑작스럽게 살이 찐 탓에, 이대로는 고백할 수 없다.
- 너무 못생긴 남자라서, 이대로는 고백해봤자 차일 게 뻔하다.
- 시험에 합격해야만 그/그녀의 연인이 될 수 있다.

네, 수고하셨습니다. 정확히 100개씩 써주셨군요.

이제 리스트를 쭉 한번 훑어봐주십시오. 한마디로 '사랑의 장애물'이라고 해도 몇 개의 계통으로 나누어진다는 것을 아시겠습니까?

예를 들어, "연인이 사실은……"으로 시작하는 아이디어가 여러 개 나왔고, 두 사람 사이를 방해하는 인물과 관련된 아이디어도 적지 않게 나왔습니다.

이번에도 이 아이디어들을 계통별로 살펴보기로 하겠습니다.

핸디캡

여러분이 적어낸 아이디어 가운데 가장 많았던 것이 "키스를 하면 무언가로 변신해버린다", "한쪽이 성격에 문제가 있다" 등과 같이 주인공의 핸디캡을 장애물로 설정한 것이었습니다. 이 핸디캡을 어떻게 뛰어넘어 사랑을 성취하게 할 것인가? 이것이 이야기 중반부에서 독자들의 흥미를 지속적으로 붙잡아두는 원동력이 됩니다.

"두 사람의 사랑이 이루어지기 직전, 매번 핸디캡 때문에 둘 사이가 틀어지고 만다"라는 상황은 독자들의 꾸준한 사랑을 받는 로맨틱 코미디의 정식입니다. 또한 핸디캡은 그 핸디캡을 지닌 인물의 개성이기도 하므로, 캐릭터를 수월하게 확립할 수 있는 이점도 있습니다.

"연인이 사실은 흡혈귀/늑대인간/유령이다"와 같은 설정도 그것이 두 사람 사이를 가로막는 핸디캡으로 작용하는 경우 이 항목에 포함될 수 있습니다.

방해자

그다음으로 많았던 아이디어가 "사랑의 라이벌이 있다", "가족이 반대하고 있다" 등과 같이 방해자가 존재하는 패턴입니다. 이 방해자를 어떻게 물리쳐 두 사람의 사랑이 이뤄지게 할 것인가? 이것이 이야기의 중반부를 끌고 나가는 원동력이 됩니다.

한마디로 '방해자'라고 해도 '시어머니'나 '시스터 콤플렉스가 있는 오빠' 등과 같이 살아 있는 존재부터 '귀여운 소녀귀신', '잘생긴 남자 귀신' 등과 같이 평범하지 않은 존재까지 수없이 많은 변주가 가능합니다. 또 방해자의 성격이나, 방해자와 남자 주인공 혹은 여자 주인공의 힘의 관계를 바꿔나가면 그 후의 전개에 다양한 변화를 줄 수 있습니다.

사건

"연인의 인격이 갑자기 바뀌었다", "전쟁이 한창이어서 사랑이니 연애니 할 처지가 아니다" 등 어떻게도 할 수 없는 사건을 일으켜 사랑의 장애물을 만들어낼 수도 있습니다.

이 패턴으로 이야기를 만들 때 주의해야 할 점은 작품 안에서 일어나는 사건과 두 사람의 사랑이 반드시 연관성을 갖도록 해주어야 한다는 것입니다.

예를 들어 "연인의 인격이 갑자기 바뀌었다"라는 사건을 소재로 이야기를 만든다고 해봅시다. 무엇이 그 사람을 바뀌게 했을까. 그 누구에게서도 도움을 받지 못한 채 홀로 수수께끼에 도전하는 주인공. 그 앞을 가로막는 수상한 그림자……. 이런 식으로 전개하면 로맨틱 코미디가 아니라 서스펜스가 되어버립니다. 로맨틱 코미디를 쓸 때는 가령, 급변한 연인의 모습에 상처를 받고 나날이 초췌해지는 여자 주인공. 어느 날 밤 그녀 앞에 원래의 성격으로 돌아온 연인이 나타난다. 사실 연인에게는 마치 지킬과 하이드처럼 전혀 성격이 다른 두 개의 자아가 공존하고 있었다. 그럼에도 두 인격 모두 그녀를 사랑하는 마음에는 변함이 없다. 여자 주인공은 처음에는 지킬 쪽의 연인이 하이드로 변하지 않기를 바라지만, 시간이 갈수록 점차 하이드 쪽의 연인에게 더 마음이 끌리게 된다……. 이런 식으로 만들어나가면 서스펜스가 아니라 두 사람의 사랑에 이야기의 초점이 맞춰지게 됩니다.

거리와 시간·물리적인 장벽

"장거리 연애", "시대나 시간을 뛰어넘는 사랑", "한쪽이 탑 같은 곳에 유폐되어 있다" 등의 설정에서는 여자 주인공과 남자 주인공 사이가 거리나 시간, 물리적인 장벽에 가로막혀 있습니다.

앞의 사건 항목에서 설명한 것과 마찬가지로, 주인공이 "어떻게 하면 이 거리/시간/장벽을 뛰어넘어 그 사람을 만날 수 있는가?"와 같이 작가가 장애물의 극복에만 집중하게 되면, 중심이 되어야 할 연애 이야기가 주변부로 밀려나게 되므로 주의하셔야 합니다.

예를 들어, "타임머신이 오작동하는 바람에 중세 유럽의 어딘가로 날아가버린 연인을 찾기 위해 시간여행을 떠난다"라는 이야기를 쓴다고 가정해봅시다. 연인을 찾아 헤매는 동안 두 사람을 이어줄 연결고리가 아무것도 없다면 독자의 흥미는 서서히 주인공과 연인의 관계보다 주인공이 난관을 극복하는 과정으로 옮겨가게 될 것입니다. 그건 그것대로 재미있는 이야기가 될지도 모르지만, 이때 연인의 존재는 단지 '여행의 목적'이 되어버리므로, 주인공과 연인 사이의 사랑 이야기라고 하기는 어려워집니다.

이런 경우에는, 예를 들어 주인공이 지나가는 곳곳마다 연인이 메시지를 남겨두었고, 이 메시지를 하나둘 발견해나갈수록 연인을 만나고 싶은 주인공의 마음은 더욱 강렬해진다는 식으로 전개해나가면 두 사람의 인연이 끊어지지 않을 수 있습니다. 또는 주인공이 연인을 찾아 헤매는 도중에 우연히 만난 사람(=사실은 이쪽이 진짜 운명의 상대)에게 사랑을 느끼게 되었다는 식으로 전개하면, 원래의 연인은 두 사람의 사랑의 방해자가 되며, 시간과 방해자 두 가지를 소재로 한 로맨틱 코미디가 되는 것입니다.

딜레마

"의무를 다하기 위해 사랑하지 않는 사람과 결혼해야 한다", "친한 친구와 동시에 같은 사람을 좋아하게 되었지만, 친구에게 미안해 고백할 수 없다", "사랑해서는 안 될 사람을 사랑하게 되었다"……. 이런 아이디어들은 의무와 연애, 우정과 연애, 사회 규범과 연애 등 각각 약간의 차이는 있지만, 주인공이 두 가지 선택지 사이에서 이도 저도 못하는 딜레마에 빠졌다는 점에서는 똑같습니다. 그런 의미에서 "두 명의 이성에게 동시에 고백을 받는다"는 삼각관계 역시 이 항목에 들어간다고 볼 수 있습니다.

이 패턴으로 로맨틱 코미디를 쓸 경우, 핵심은 어떻게 주인공이 사랑(삼각관계의 경우에는 운명의 상대)을 선택하기 어렵게 하느냐에 달려 있습니다.

왜냐하면 지금까지 소개해온 패턴과는 달리, 이 패턴에서는 독자들의 흥미를 계속해서 붙잡아둘 수 있는 원동력이 '주인공은 과연 의무(혹은 우정이나 사회 규범)와 연애 중 어느 쪽을 선택할 것인가?'라는 질문이기 때문입니다.

그러므로 주인공이 자신의 사랑과 저울질하게 되는 대상은 그것이 우정이든 사회적 책무이든 주인공에게는 배신하거나 저버리기 매우 어려운 것이어야 합니다.

로맨틱 코미디는 반드시 해피 엔딩으로 결말이 납니다. 다시 말해서 어떤 것이 저울의 반대편에 올라오든 주인공의 사랑은 마지막에 가서는 반드시 이루어집니다. 하지만 적어도 독자들이 이야기의 중반부를 읽고 있는 동안에는 그것을 알아채게 해서는 안 됩니다. '어쩌면 주인공은 이대로 사랑을 포기할지도 몰라', 또는 '이대로 두 사람의 사랑이 깨지면 어떡하지' 하는 위기감에 독자들이 초조하게 페이지를 넘기게 할 수 있다면, 여러분의 플롯은 대성공이라고 할 수 있을 것입니다.

차이와 불이익·비밀과 과제

"신분 차이가 나는 사랑", "상대방 또는 자신이 인간이 아니다" 등과 같이 신분이나 세대, 종족 간의 차이나, "불의 요정과 물의 요정의 사랑"처럼 사랑을 성취하려고 하면 불이익이 발생하는 구조도 사랑의 장애물로 작용하게 할 수 있습니다. 두 사람 모두에게나 어느 한쪽에게 상대방에게는 말할 수 없는 비밀을 지니고 있다는 설정 역시, 발각되었을 경우 불이익이 주어지게 하는 장치로써 사용할 수 있습니다. 이야기의 중반부를 읽고 있는 독자들의 호기심은 '두 사람은 어떻게 이 차이 또는 불이익을 초월해서 사랑을 쟁취할까?'라는 부분에 쏠리게 됩니다.

그런데 이와 비슷한 설정으로 "콘테스트에서 우승하지 않으면 그 또는 그녀의 연인이 될 수 없다", "연인이 되려면 시련을 통과해야 한다" 등과 같은 과제가 있습니다. 다만 과제를 달성한다는 한 가지 소재만을 가지고 로맨틱 코미디를 만들기는 어려우므로 유의해야 합니다.

왜냐하면 이런 설정으로 이야기를 만들 경우, 독자들의 흥미는 아무래도 '주인공이 어떻게 이 난관을 극복할까?'라는 방향으로 향하게 되기 때문입니다. 사건이나 거리, 시간 등을 장애물로 배치하는 경우와 마찬가지로, 두 사람 사이의 인연이 끊어지지 않도록 주의해주시기 바랍니다.

기분

"한쪽이 일방적으로 상대방을 짝사랑한다", "어쩌다 그만 연인에게 의심이나 오해를 받는다" 등은 비교적 누구나 쉽게 떠올릴 수 있는 아이디어이지만, 단독으로는 의외로 사용하기 어려운 것이 이러한 기분의 문제입니다.

예를 들어, "줄곧 그 사람을 짝사랑해왔는데, 수줍은 내 성격 탓에 고백하지 못하고 있다"와 같이 자신의 핸디캡과 조합해서 사용하거나, "항상 중요한 순간에 사라지는 탓에 사랑이 식어버린 거라고 그녀는 오해하고 있지만, 사실 주인공은 자신이 정의의 히어로라는 사실을 숨기지 않으면 안 된다"와 같은 딜레마나 비밀을 잘 엮어서 발전시켜나가는 것도 궁리해보시기 바랍니다.

지금까지 여러분이 적어낸 아이디어를 바탕으로 이야기 중반부의 전개를 끌어가는 사랑의 장애물에 대해 정리해보았습니다.

물론 주인공의 사랑을 방해하는 장애물은 이것 외에도 수도 없이 많을 것입니다. 여러분 각자가 나름대로 연구해서 독자들과 제가 깜짝 놀랄 만한 사랑의 장애물을 만들어보시기를 바랍니다.

로맨틱 코미디 플롯 만들기

그러면 재료가 모두 갖추어졌으므로, 지금부터는 로맨틱 코미디의 플롯을 직접 써보기로 하겠습니다. 로맨틱 코미디의 템플릿은 이 장의 첫머리에서 설명한 것과 같습니다.

① 남녀(동성 커플의 경우는 남남, 여여)가 우연히 만나 사랑에 빠진다.
② 두 사람은 여러 가지 장애물을 뛰어넘는다.
③ 마침내 두 사람의 사랑이 이루어진다.

이 템플릿을 바탕으로 다음 네 가지 사항을 생각하면서 플롯을 써주시기 바랍니다.

♦ 작품의 제목

♦ 두 사람이 우연히 만나 사랑에 빠지게 되는 계기는 무엇인가?

♦ 두 사람에게 사랑의 장애물은 무엇인가?

♦ 두 사람은 어떻게 장애물을 극복하고 해피 엔딩을 맞이하는가?

이 책을 읽고 있는 여러분도 여기서 일단 책을 덮고 실습에 들어가주시기 바랍니다.

자, 준비되셨나요? 그럼, 시작!

실습 4

75쪽의 템플릿을 이용해서 로맨틱 코미디의 플롯을 써주십시오.

……어떠셨나요? 다 쓰셨나요?

그러면 여러분의 작품 중에서 한 편을 골라 함께 살펴보도록 합시다.

제목 《지요 공주 이야기》

① 남녀(동성 커플의 경우는 남남, 여여)가 우연히 만나 사랑에 빠진다.

지요는 일본 전국 시대(1467~1573) 어느 지방 영주의 딸이다. 지요의 고향은 그녀가 열네 살 때 적국 의 영주 다케토라의 손아귀에 들어가고 말았고, 부모님도 그 전쟁 중에 돌아가셨다. 홀로 살아남은 지요는 유모의 조언을 받아들여 출가를 결심하고, 지금은 적국의 비구니절에서 유모와 함께 몰락한 일족의 명복을 빌며 하루하루를 보내고 있다.

그러던 어느 날, 병사를 이끌고 지나가던 인접국의 장수가 지요가 지내고 있는 절에 들르게 된다. 그 장수는 바로 지요의 옛 약혼자 기류였다.

오랜만의 재회를 기뻐하는 두 사람. 아버지의 성화로 성사된 약혼이었지만, 사실 지요는 처음부터 기류가 좋았다. 기류역시 비구니의 몸이라고는 해도 아름답게 성장한 지요에게 마음을 빼앗기고 만다.

"이런 상황, 이런 처지가 아니었다면……!"

* 여기서 국国은 옛 지방의 행정구역으로 요즘으로 치면 '고을'이라는 의미에 가깝다.

비구니절의 한쪽 작은 방에서 기류는 쥐어짜듯 탄식을 쏟아내고, 이 말을 계기로 두 사람은 격정적인 사랑에 빠진다.

② 두 사람은 여러 가지 장애물을 뛰어넘는다.

하지만 지요는 이미 출가한 몸이다. "다시 속세로 돌아오면 되잖아"라고 말하는 기류에게 유모는 단호하게 말한다.

"다케토라는 지요 님의 어머니, 그러니까 도요 님을 빼앗아 제 것으로 하려고 전쟁을 일으켰습니다. 도요 님은 그대로 가만히 당할 수만은 없어서 부군과 함께 자결하셨고요. 보세요. 성장한 지요 님은 놀랄 정도로 도요 님을 빼닮았습니다. 지금 환속한다면 다케토라는 분명히 지요 님을 가만두지 않을 것입니다."

③ 마침내 두 사람의 사랑이 이루어진다.

기류는 다케토라를 공격하여 그의 성을 무너뜨리고 항복을 받아낸다. 그 후 환속한 지요는 기류와 결혼하여 오래오래 행복하게 살았다.

네, 수고하셨습니다. 전국 시대를 무대로 한 로맨틱 코미디로군요. 사랑의 장애물은 적국의 영주 다케토라, 해결책은 다케토라의 격퇴. 실로 단순명쾌한 스토리라인이 만들어졌습니다. 여기서 욕심을 내보자면, 다케토라가 두 사람에게 어떤 횡포를 부리는지 설명하는 부분이 플롯에 들어 있었다면 더 좋았을 것입니다.

하지만 이 정도로 골격이 탄탄하다면, 상세한 설정이나 각색, 연출은 나중에 얼마든지 구상할 수 있으리라 생각합니다.

그럼 이번에는 다른 분의 작품도 한번 살펴보도록 하겠습니다.

작품 예시 4

제목 《포춘 쿠키》

① 남녀(동성 커플의 경우는 남남, 여여)가 우연히 만나 사랑에 빠진다.

게이토는 쿠키 가게에서 아르바이트를 하는 평범한 대학생이다. 남자 친구에게 차인 다음 날, 룸메이트 카라가 "몰라보게 예뻐져서 그 녀석이 후회하게 만들어주자"라고 말하자, 게이토는 마음을 굳게 먹고 카라의 지인인 메이크업 아티스트 주드의 가게를 찾아간다.

게이토는 미남이지만 차가운 인상의 주드를 본 순간 주눅

이 든다. 하지만 그것도 잠시, 메이크업을 받으며 이야기를 나누는 동안 주드가 쿠키를 좋아한다는 것을 알고 서로 의기투합한다. 주드의 손을 거쳐 신비로운 미녀로 다시 태어난 게이토는 'V'라는 가명으로 대학 캠퍼스를 누비며, 예전 남자친구에게 통쾌하게 복수한다.

게이토는 고마움의 뜻으로 직접 구운 쿠키를 주드에게 선물한다. 우연히도 그 쿠키는 주드가 좋아하는 맛이었고, 두 사람은 어느샌가 친구 이상 연인 이하의 관계로 발전한다.

② 두 사람은 여러 가지 장애물을 뛰어넘는다.

게이토는 두 번 다시 'V'가 될 생각이 없었지만, 카라는 'V'의 사진을 교내 미인 대회에 응모한다. 멋지게 그랑프리를 차지했을 뿐만 아니라 게이토를 눈여겨본 대형 모델 에이전시로부터 전속 모델 제안을 받는다.

게이토는 "주드가 메이크업을 맡아준다면 할게요"라는 조건하에 승낙하고, 'V'는 눈 깜박할 사이에 패션지 〈보그 VOGUE〉의 표지 모델까지 되었다. 그런데 'V'에게 인기를 빼앗긴 톱 모델 미라가 주드에게 스카우트 제안을 하고, 거절당하자 게이토의 민낯 사진을 신문사에 보내버린다. 크게 상심한 게이토는 예전의 평범한 생활로 돌아간다.

③ 마침내 두 사람의 사랑이 이루어진다.

다시 쿠키 가게에서 아르바이트를 시작한 게이토의 앞에 어느 날 주드가 나타난다.

"초코칩 쿠키 1킬로그램 줄래요?"

그것은 두 사람이 처음으로 키스를 나눈 날 주드가 속삭였던 말이었다.

네, 수고하셨습니다. 할리우드의 로맨틱 코미디 영화에서도 흔히 볼 수 있는 구성으로, 대강의 줄거리는 잘 갖춰졌다고 생각합니다. 사랑의 계기는 게이토가 구운 쿠키, 장애물은 톱 모델 미라군요.

다만, 앞에서 살펴본 작품과 마찬가지로 미라가 놓는 덫, 즉 장애물이 한 가지밖에 없는 것이나 해피 엔딩에 이르는 해결책이 애매모호하게 느껴지는 부분이 조금 아쉽습니다. 미라가 게이토의 민낯 사진을 신문사에 투고한 일이 어째서 게이토의 '상심'으로 이어지게 됐나요? 'V'의 정체가 탄로 난 뒤 게이토가 모델 일을 잃게 된 것은 알겠지만, 주드와의 연애에 어떤 영향을 미치게 됐는지는 잘 이해가 가지 않습니다. 왜냐하면 주드는 원래 'V'가 게이토라는 사실을 알고 있었고, 그것이 탄로 났다고 해서 게이토에게 환멸을 느끼게 될 리도,

싫어하게 될 리도 없기 때문입니다.

이 부분을 가령, 미라가 "주드와 약혼했어요"라고 대대적으로 발표한다거나 심야에 주드와 둘이서 호텔에서 나오는 현장을 일부러 게이토가 목격하게 해서 주드의 마음이 변했다고 게이토가 의심하게 되고 결국 두 사람의 관계가 삐걱대기 시작한다는 식으로 이야기를 풀어나가는 것도 가능합니다.

혹은 원래 외모에 자신이 없는 게이토가 선남선녀 주드와 미라의 커플링을 보고서 "나는 어차피 미라를 이길 수 없어. 주드에게 어울리는 여자 친구는 내가 아니야"라고 한탄한다는 식으로 이야기를 끌고나가면, 여자 주인공의 마음속에 사랑의 장애물이 있는 것이 되므로, 이것 역시 로맨틱 코미디의 좋은 플롯이 될 수 있습니다.

어떠신가요? 로맨틱 코미디를 쓰는 법에 대해서 조금 감이 잡히셨나요?

다음 장에서는 주인공의 특기나 직업을 토대로 히어로물의 플롯을 쓰는 방법에 대해 알아보기로 하겠습니다.

MEMO

TEMPLATE 3
히어로물

히어로물이란

'히어로물'이라고 하면 여러분은 어떤 작품이 머릿속에 떠오르시나요?

아마 많은 분들이 〈울트라맨〉이나 〈가면 라이더〉*, 〈스파이더맨〉, 〈비밀전대 고레인저〉**로 첫 시작을 알린 슈퍼 전대 시리즈 등의 변신 히어로가 등장하는 작품을 가장 먼저 떠올렸을 듯합니다. 물론 변신 히어로가 등장하지 않는 작품도 있지요. 어쨌든 히어로물은 주인공이 뛰어난 재능이나 무기를 가지고 있고, 그 힘을 이용해 사건을 해결하거나 적을 물리쳐

---

* 일본 쓰부라야 프로덕션이 만든 특수 촬영 TV 드라마 시리즈. 울트라맨은 변신하는 과정에서 몸집이 커지는 거대 변신 히어로의 대표적인 캐릭터로, 우주에서 날아오는 괴수로부터 지구를 지키는 우주경비대 역할을 한다.
** 1971년 일본에서 탄생한 특수 촬영 TV 드라마 시리즈. 가면 라이더는 변신을 통해 초인적인 힘을 얻는 히어로 캐릭터로 어린이들에게 꾸준한 사랑을 받고 있다.
*** 슈퍼 전대 시리즈의 첫 작품으로, 다섯 명의 특수 훈련을 받은 용사가 세계 지배를 꿈꾸는 악당들과 맞서 싸우는 모습을 그렸다.

나가는 스토리를 기본 뼈대로 합니다.

이 책에서 이용할 히어로물의 템플릿은 다음과 같습니다.

템플릿 3

❶ 어떤 특기 또는 직업을 가진 주인공에게 작업 의뢰가 들어오거나 문제가 발생한다.

❷ 주인공은 특기나 직업상의 지식을 살려 여러 장애물을 뛰어넘는다.

❸ 마침내 의뢰받은 일을 완수하거나 문제를 해결한다.

히어로물의 템플릿은 ①의 특기 또는 직업을 그럴듯하게 잘 설정하면, 비교적 수월하게 시리즈로 만들 수 있다는 이점이 있습니다.

주인공의 직업을 '탐정'으로 설정하면《셜록 홈즈의 모험》이나《오리엔트 특급 살인》과 같은 탐정물로 만들 수 있고, '의사'로 하면《블랙 잭》 같은 의학물로 만들 수 있을 것입니다. 또한 주인공에게 테니스나 축구, 권투 같은 운동 능력을

---

* 1892년에 출간된 아서 코난 도일의 첫 번째 셜록 홈즈 단편집

** 일본 만화의 아버지로 불리는 데즈카 오사무의 대표작 중 하나로 무면허 천재 외과의사 블랙 잭의 활약을 그렸다.

① 특수 촬영 TV 드라마 〈비밀전대 고레인저〉, NET TV(현 TV 아사히)
② 만화 《블랙 잭》, 데즈카 오사무 지음, 아키타쇼텐
③ 만화 《더 파이팅》, 모리카와 조지 지음, 고단샤
④ 만화 《테니스의 왕자》, 고노미 다케시 지음, 슈에이샤

부여하면 《더 파이팅》이나 《테니스의 왕자》 같은 스포츠물
로 만드는 것도 가능합니다.

히어로물의 플롯은 먼저 주인공의 특기를 정하고 나면 훨
씬 쉽게 아이디어를 끌어낼 수 있습니다. 주인공은 '피아니스
트'라든가 '도둑'과 같이 단순히 직업만 생각하는 것보다 '멜
로디의 극히 일부만 들어도 원곡 전체를 완벽하게 연주할 수
있는 절대 음감의 피아니스트'라든가 '마음만 먹으면 이 세상
에서 훔치지 못할 것이 없는 전설의 소매치기' 등과 같이 주
인공의 능력을 구체적으로 설정하면 좀 더 수월하게 이야기

* 1989년부터 고단샤에서 장기 연재 중인 복싱 만화
** 1999년부터 2008년까지 《소년 점프》에서 연재되었으며, 누계 판매 부수 4,500만 부를 돌파
한 인기 테니스 만화

를 만들어나갈 수 있습니다.

그러면 이제 바로 실습으로 들어가보기로 하겠습니다.

실습 5

주인공의 특기가 될 만한 능력을 100개 적어주십시오.

……다 되셨습니까?

그러면 여러분이 적어낸 아이디어를 다함께 살펴보기로 하겠습니다.

- 귀신을 볼 수 있다.
- 시신에 손을 대보면 사망 원인을 알아낼 수 있다.
- 현장에 남은 기억을 읽어낼 수 있다.
- 염동력이 있다.
- 텔레파시를 사용할 수 있다.
- 투시 능력이 있다.
- 불로불사.
- 무엇으로든 변신할 수 있다.
- 변장의 달인.
- 성대모사의 달인.
- 마술의 달인.
- 어떤 밀실에서든 탈출할 수 있다.
- 동물과 대화할 수 있다.
- 일정 시간 동안 전투 능력이 극도로 높아진다.
- 예지 능력이 있다.
- 채찍을 능숙하게 다룬다.
- (축구) 드리블을 능수능란하게 잘한다.
- 시간 여행이 가능하다.
- 일정 시간 동안 시간을 멈출 수 있다.
- 일정 시간 동안 신체를 작게 만들 수 있다.
- 저주로 사람을 죽일 수 있다.
- 염사 능력이 있다.
- 완전히 망가진 물건도 새것으로 되돌릴 수 있다.
- 아무도 거역할 수 없는 신의 목소리를 가지고 있다.

- 자력으로 하늘을 날 수 있다.
- 암살술의 프로.
- 사람을 자연 발화시키는 능력이 있다.
- 투명 인간이 될 수 있다.
- 펜싱계의 챔피언.
- 세계 최고의 체스 실력자.
- 어떤 이성이든 잘 구슬려서 넘어오게 할 수 있다.
- 총과 활의 명수.
- 부메랑의 명수.
- 어떤 상대에게든 능란한 언변으로 신뢰를 얻을 수 있다.
- 인형에 영혼이 깃들게 할 수 있다.
- 최강의 로봇을 자유자재로 조종할 수 있다.
- 최강의 펫을 키우고 있다.
- 최강의 몬스터를 소유하고 있다.
- 아무리 깊은 마음의 상처라도 치유할 수 있다.
- 꽃꽂이의 신이라고 불릴 만큼 솜씨가 대단하다.
- 주인공이 연주하는 곡을 들으면 어떤 냉혈한이라도 마음이 움직인다.
- 중력을 조종할 수 있다.
- 어떤 언어든 금방 완벽하게 습득할 수 있다.
- 어떤 남자든 미인계로 홀릴 수 있다.
- 겐다마(본체와 공이 줄로 이어져 있는 장난감을 요요처럼 당겨서 양옆 받침대 혹은 위쪽 뾰족한 곳에 끼워 넣는 일본의 전통놀이)의 챔피언.
- 뜀틀의 챔피언.
- 파티시에(제빵사) 대회에서 최고상을 받은 적이 있다.
- 동물 길들이기의 달인.
- 소생술을 쓸 수 있다.
- 매달 단돈 1만 원으로 생활이 가능하다.

- 도서관에 있는 모든 책의 제목과 내용을 암기하고 있다.
- 지극히 평범한 얼굴의 모델도 미인으로 변신시키는 메이크업 아티스트.
- 태풍의 진로를 정확히 맞힐 수 있다.
- 지진이나 화산 분화를 예지할 수 있다.
- 뜨개질의 달인.
- 직소 퍼즐의 달인.
- 귀신 같은 운전 솜씨를 지니고 있다.
- 프라모델(조립식 플라스틱 모델) 조립 실력이 수준급이다.
- 위조지폐 제작 기술을 지니고 있다.
- 미술품 위조 기술을 지니고 있다.
- 에스페란토어를 능숙하게 읽고 쓸 수 있다.
- 라틴어를 구사할 수 있다.
- (문맹률이 높은 지역에서) 혼자 읽고 쓸 수 있다.
- 한 입만 먹어도 음식의 재료를 알아맞힐 수 있다.
- 한 모금만 마셔도 와인의 산지와 생산 연도를 알아맞힐 수 있다.
- 어떤 방화벽이라도 뚫을 수 있는 해커.
- 슈팅 게임에서는 져본 적이 없는 게임 플레이어.
- 개 못지않은 후각을 자랑한다.
- 자신의 신체 나이를 자유자재로 바꿀 수 있다.
- 손에 닿은 모든 것을 얼려버리는 능력이 있다.
- 환상적인 체취를 지니고 있다.
- 요정을 볼 수 있다.
- 마법을 부릴 수 있다.
- 적외선과 자외선을 볼 수 있다.
- 분실물 찾기의 달인.
- 골동품 감정 분야에서는 타의 추종을 불허한다.
- 동체 시력이 매우 뛰어나다.

- 재활용의 달인.
- 리폼의 달인.
- 모든 격투기를 습득했다.
- 초능력으로 병을 고칠 수 있다.
- 탈옥의 달인.
- 현장의 흔적을 보기만 해도 사건 발생 당시의 상황을 재현할 수 있다.
- 미행이나 추적에 실패해본 적이 없다.
- 사냥의 명수.
- 타의 추종을 불허하는 경청의 명수.
- 어떤 문제아도 자신을 따르게 할 수 있다.
- 치매 노인이 하는 말을 알아들을 수 있다.
- 모든 물건을 절반으로 쪼갤 수 있다.
- 맨몸 잠수의 달인.
- 쓰레기를 이용해서 예술 작품을 만들 수 있다.
- 냉장고 속 남은 재료만으로 훌륭한 요리를 만들 수 있다.
- 어떤 잡동사니라도 고가로 팔아넘길 수 있다.
- 분실물을 만지면 물건의 주인을 알아낼 수 있다.
- 종이우산 만들기의 달인.
- 지금은 명맥이 끊긴 염색 기술을 은밀히 계승하고 있다.
- 데이 트레이딩˙의 달인.
- 미래의 기술을 가지고 있다.
- 세밀화의 명인.
- 도산 위기에 빠진 회사를 새롭게 재건하는 경영의 달인.

˙ 당일 매매, 초단기간의 주가 흐름을 파악하여 시세 차익을 내는 주식 매매 방식

네, 수고하셨습니다. 정확히 100개의 아이디어가 나왔군요.

그러면 이번에도 이 아이디어를 계통별로 분류한 다음 대표적인 것을 살펴보기로 하겠습니다.

기술

여러분이 적어낸 아이디어 가운데 가장 많았던 것이 "골동품 감정 분야에서는 타의 추종을 불허한다", "성대모사의 달인" 등과 같이 실제로 있음 직한 기술이었습니다. "리폼의 달인"이라든가 "냉장고 속 남은 재료만으로 훌륭한 요리를 만들 수 있다" 등과 같은 살림 기술이나 "어떤 방화벽이라도 뚫을 수 있는 해커", "데이 트레이딩의 달인" 등과 같이 직업적 기술에 관한 아이디어가 많이 나왔습니다. 반면에, "암살술의 프로", "모든 격투기를 습득했다" 등의 배틀 계통 기술도 의외의 아이디어로 나왔던 것은 이 강의실에 있는 분들의 나이와 직업과도 관계가 있을 것 같군요.

"(축구) 드리블을 능수능란하게 잘한다", "펜싱계의 챔피언" 등과 같이 경기 종목과 해당 기술이 구체적으로 설정된 경우라면, 주인공이 온갖 난관을 극복하고 마침내 대회에서 우승컵을 차지한다는 스포츠물의 정석을 충실히 따르는 이야기로 만들 수 있습니다. 또는 "슈팅 게임에서 무적을 자랑하는 게임 플레이어가 군부에 스카우트되어 최고의 저격수가 된다 → 슈팅 게임의 특기를 살려 여러 가지 장애물을 극복하고 임무를 완수한다"는 식으로 다른 경기나 직업으로 전환해 사용하는 것도 가능합니다.

또 같은 수순을 밟아 "미술품 위조의 달인이 마피아에게 납치되어 위조지폐 제작에 동원되는데⋯⋯"라는 식으로 이야기를 전개해나가면, 같은 템플릿이라고 해도 범죄소설의 플롯을 만들어낼 수도 있습니다.

어떻게 보면 그저 평범하고 흔해 빠진 기술이라고 볼 수 있지만, 이처럼 '다른 분야에서 써먹을 수 있지 않을까?' 하고 거듭 생각하다 보면 여러 가능성이 열리게 될 것입니다. 여러분도 꼭 시도해보시기 바랍니다.

초능력

다음으로 많았던 아이디어가 "귀신을 볼 수 있다", "예지 능력이 있다"와 같은 초능력 계통의 기술이었습니다. "염동력"이나 "텔레파시" 등의 ESP(초감각적 지각) 계통, "마법을 부릴 수 있다", "요정을 볼 수 있다" 등의 판타지 계통, "저주로 사람을 죽일 수 있다" 등의 오컬드 계통과 같이 다양한 형태로 변주할 수 있다는 것을 알 수 있습니다. 또한 "개 못지않은 후각"이나 "환상적인 체취를 지니고 있다" 등 현실에서는 있을 수 없는 특이 체질도 이 항목에 넣을 수 있을 것입니다.

초능력을 히어로의 특기로 상정해 흥미진진하게 이야기를 풀어가기 위해서는 그 능력을 가급적 한정적으로 설정해야 합니다. 예를 들어 마법을 부릴 수 있는 주인공이 있다고 한다면, 마법은 사용할 수 있지만 딱 하루 동안만 가능하다거나, 딱 한 종류의 마법밖에 사용할 수 없다는 식이지요.

가령 오다 에이치로의 인기 만화《원피스》에서 주인공 루피는 '팔다리가 고무처럼 자유자재로 늘어나'는 한 종류의 능력밖에 쓸 수 없습니다. 또 이 시리즈에서는 악마의 열매를 먹고 특별한 힘을 손에 넣은 대신에 '헤엄을 못 치게 된다'라는 약점이 설정되어 있습니다. 의도적으로 약점을 설정해서 히어로를 위기에 빠뜨리거나 긴장감을 끌어올리는 것입니다.

아이템

"최강의 로봇을 자유자재로 조종할 수 있다", "최강의 펫을 키우고 있다" 등 "최강의 ○○를 가지고 있다"라는 아이디

---

* 1997년부터 《소년 점프》에서 장기 연재 중인 만화로 해적왕이 꿈인 루피와 밀짚모자 해적단의 모험을 그린 이야기

어도 적지 않게 나왔습니다. 이 '○○'에 들어가는 부분은 포켓몬 같은 생물이든 인롱*이나 모빌슈트 같은 무기물이든, 주인공에게 과제달성·문제해결 능력을 부여해준다는 점에서는 같습니다. 그러므로 여기서는 모두 '아이템'으로 한데 묶어서 다루기로 하겠습니다.

히어로물에서 사용되는 아이템은 크게 두 종류로 나누어집니다. 하나는 〈기동전사 건담〉**의 모빌슈트처럼 과제달성·문제해결의 과정에서 사용되는 것이 있습니다. 또 하나는 〈미토 코몬〉***의 인롱처럼 필살기로 사용되는 것입니다.

두말할 것도 없이 필살기를 제일 처음 꺼내버리면, 이야기가 재미없어집니다. 마지막에 필살기로 결판을 낸다고 해도, 거기에 이르기까지의 과정에 여러 재미를 더해서 독자들이 즐겁게 읽을 수 있게 만드는 것이 중요합니다. 그런 의미에서 TV 드라마 〈미토 코몬〉에서는 스토리를 2부로 구성하여 이런 문제를 깨끗이 해결하고 있으므로, 여기서 잠깐 소개하도

---

* 도장이나 약 등을 넣어 허리에 차는 작은 통
** 도미노 요시유키 감독의 대표작이자 건담 시리즈의 시초가 되는 작품으로, 지금까지도 애니메이션 산업 전반에 가장 광범위한 영향력을 발휘하는 로봇 애니메이션. 혁신적인 시도로 일본 사회 및 여러 서브 컬처에 큰 영향을 미쳤다. 인간이 탑승 가능한 거대 로봇형 병기인 모빌슈트의 개념이 이 건담 시리즈에서 처음으로 도입되었다.
*** 에도 시대를 배경으로 하는 일본의 인기 TV 시대극으로, 1969년에서 2011년까지 방영되었다. 주인공 미토 코몬이 일본 각지를 돌아다니며 부패 관리를 처벌하고 악인을 물리친다는 이야기로, 매회 클라이맥스에 쇼군(장군)의 문장이 새겨진 인롱을 내보여 악인을 제압하면서 일화가 마무리된다.

① 만화 《원피스》, 오다 에이치로 지음, 슈에이샤
② TV 애니메이션 〈기동전사 건담〉, 일본 선라이즈
③ TV 드라마 〈미토 코몬〉, TBS UIP

록 하겠습니다.

많은 분이 알고 계시리라 생각합니다만, 〈미토 코몬〉은 몇 몇 예외를 제외하고 거의 매회 다음과 같은 패턴으로 전개됩니다.

① [전반부] 미토와 그의 수하인 스케, 가쿠 일행은 전국 각지를 유랑하며 사건의 피해자를 만난다.

② 피해자의 억울한 사연을 들은 일행은 사건의 진상을 캐기 시작한다.

③ 사건을 배후에서 조종하는 악인의 정체가 밝혀진다.

④ 미토는 악인을 비롯한 그 일당을 한자리에 모이게 한 뒤 사건의 진상을 폭로한다.

⑤ [후반부] 악행이 드러난 악인 일당이 이성을 잃고 공격하

기 시작하면서 전투 장면에 돌입한다.

⑥ 싸움이 일단락되는 대목에서 "그만. 그만하면 됐다! 이 문장이 네놈들 눈에는 보이지 않느냐!"라는 결정적 대사를 외치며 쇼군가의 접시꽃 문장이 새겨진 인롱(=필살기)을 내보이면 악인 일당은 항복을 선언한다.

⑦ 악인 일당은 죗값에 합당한 처벌을 받는 한편, 피해자는 보상을 받는다/누명을 벗는다/이룰 수 없는 사랑이 결실을 맺는다/병이 낫는다 등 애초에 발단이 되었던 문제가 해결된다.

⑧ 미토과 스케, 가쿠 일행은 다시 유랑길에 오른다.

①에서 ④까지 전반부에서는 스케와 가쿠(때로는 풍차의 야시치 등)가 각자의 특기를 살려 사건의 배후를 뒤쫓습니다. 배후 인물이 누구이고, 어떻게 악행을 저질렀는지는 ④에서 밝혀지므로, 배후 인물인 악인이 항복한다면 여기서 그대로 이야기가 끝나도 별반 문제가 없습니다.

여기에 후반부의 액션 장면을 더하고, 나아가 미토의 필살기인 인롱을 등장시켜 〈미토 고몬〉 고유의 흐름, 곧 '약속된 전개'를 실현하고 있는 것입니다.

말이 나온 김에 덧붙이자면, '전반부=수수께끼 풀이, 후반

① TV 드라마 〈망나니 장군〉, TV 아사히
② TV 드라마 〈태양을 향해 외쳐라!〉, 니혼 TV
③ TV 애니메이션 〈타임보칸〉, 후지 TV/다쓰노코 프로덕션

부=액션'의 구성은 〈망나니 장군〉 같은 시대극을 비롯하여, 〈울트라맨〉, 〈가면 라이더〉 같은 특수 촬영 TV 드라마, 〈태양을 향해 외쳐라!〉 등의 형사 드라마, 〈타임보칸〉 TV 애니메이션 시리즈 등 많은 작품에서 채택하고 있습니다.

뻔히 결말을 예측할 수 있는 약속된 전개라고 해도 〈미토 코몬〉은 무려 42년, 〈망나니 장군〉은 24년, 〈태양을 향해 외쳐라!〉는 15년, 〈타임보칸〉 시리즈는 8년에 걸쳐 꾸준히 제작·방영되었습니다. 이러한 사실만 보아도 전반부의 수수께끼

* 1978년에 첫 방영을 하였으며 2003년 최종화 스페셜을 마지막으로 종영한 TV 시대극. 일본 에도 시대의 쇼군이 신분을 숨기고 평민과 어울려 지내며 악인을 물리친다는 이야기
** 1972년부터 1986년까지 방영된 일본의 최장기 형사 드라마 시리즈. 최고 시청률 40%를 기록할 정도로 대단한 인기를 끌었다.
*** 정의의 편인 주인공들이 타임머신을 타고 시공간을 넘나들며 악당에 맞서 싸우는 이야기. 1975년 〈타임보칸〉부터 1983년 〈이타다키맨〉까지 7편이 제작되었다.

풀이와 후반부의 액션이 결합되는 구성은 시청자에게 알기 쉽고 친근하게 느껴지기 때문에 널리 사랑받아온 패턴임을 알 수 있습니다.

지금까지 히어로물 주인공의 특기가 될 만한 능력을 계통 별로 살펴보았습니다. 자꾸 같은 말을 반복하는 것 같습니다 만, 여기서는 제가 진행하는 글쓰기 교실의 수강생들이 제출 한 아이디어를 분류한 것일 뿐 절대적인 것이 아닙니다. 매력 적인 특기나 능력은 이 밖에도 얼마든지 있을 것입니다. 부디 열심히 연구해서, 독특한 특기를 지닌 매력적인 히어로 캐릭 터를 창출해내시기 바랍니다.

히어로물 플롯 만들기

그러면 이제 여러분이 직접 히어로물의 플롯을 써보기로 하겠습니다. 히어로물의 템플릿은 이번 장의 앞부분에서 소 개했듯이 아래와 같습니다.

① 이떤 특기 또는 직업을 가진 주인공에게 작업 의뢰가 들

어오거나 문제가 발생한다.

② 주인공은 특기나 직업상의 지식을 살려 여러 장애물을 뛰어넘는다.

③ 마침내 의뢰받은 일을 완수하거나 문제를 해결한다.

이 템플릿을 바탕으로 아래 네 가지 사항을 생각하면서 플롯을 만들어보시기 바랍니다.

 ◆ 작품의 제목
 ◆ 주인공의 특기
 ◆ 주인공이 해결해야 할 문제는 무엇인가, 혹은 달성해야 할 목표는 무엇인가?
 ◆ 주인공은 어떻게 문제를 해결하는가, 혹은 어떻게 목표를 달성하는가?

이 책을 읽고 있는 여러분도 여기서 일단 책을 덮고 실습에 들어가주시기 바랍니다.

아시겠지요? 그럼, 준비, 시작!

실습 6

103쪽의 템플릿을 이용해서 히어로물의 플롯을 써주십시오.

……어떠셨나요? 다 쓰셨나요?

그러면 여러분의 작품 가운데 한 편을 골라서 살펴보기로 하겠습니다.

작품 예시 5

제목《북 오브 저스티스》

① 어떤 특기 또는 직업을 가진 주인공에게 작업 의뢰가 들어오거나 문제가 발생한다.

아사쿠라 마이는 혼자 도서관에 틀어박혀 조용히 사색하거나 책 읽기를 좋아하는 열네 살 소녀다. 어느 날 방과 후, 머지않아 헐리게 될 구교사舊校舍에서 이상한 책 한 권을 발견한다. 책의 제목은《북 오브 저스티스The Book of Justice》. 책을 펼치자 거기에 쓰인 문장이 마치 마이에게 말을 걸어오는 듯했다.

"난 '북 오브 저스티스'라고 해. BJ라고 불러줘. 이렇게 불쑥 나타나서 놀랐겠지만, 내 말을 명심해서 들어야 해. 지금, 이 순간에도 네게는 위기가 닥쳐오고 있어.”

BJ는 ‘책의 세계’라고 불리는 이 세계에서 형사 같은 역할을 하고 있었다.

그런데 어느 날, 그 세계의 범죄자 ‘북 오브 이블Book of Evil’, 일명 BE 일당에게 붙잡혀 하마터면 불태워질 뻔했다가 간발의 차로 도망쳐서 이쪽 세계로 왔다고 한다.

“BE는 이미 이곳을 알아냈을 거야. 녀석의 사주를 받은 추격대에게 쫓기고 있을 때, 나를 지키려다 행방불명이 된 ‘사전’을 찾아볼 생각이야. 네가 도와주면 좋겠어.”

② 주인공은 특기나 직업상의 지식을 살려 여러 장애물을 뛰어넘는다.

“난 그런 건 절대 못 해”라며 달아나려는 마이를 향해 BJ는 “그냥 도와달라는 말은 아냐. 앞으로 어떤 책에 나오는 아이템이든 간에 딱 한 번 네가 그것을 실체화할 수 있는 능력을 너에게 줄게”라고 제안한다.

그래도 망설이는 마이 앞에 갑자기 엄청나게 많은 쥐가 나타난다. 쥐떼는 마이는 거들떠보지도 않고 일제히 BJ를 향해 덤벼든다.

"BE의 자객이야. 하멜른의 쥐떼라고! 이대로라면 갉아 먹혀서 너덜너덜해지고 말 거야!"

재빨리 BJ를 집어든 마이는 쏜살같이 구교사에서 도망쳐 나온다.

③ 마침내 의뢰받은 일을 완수하거나 문제를 해결한다.

구교사를 빠져나온 마이에게 BJ는 "어디든 상관없으니까 책이 있는 곳으로 가줘"라고 말한다. 그 말에 따라 도서관으로 달려간 마이는 《하멜른의 피리 부는 사나이》라는 동화책을 펼쳐든다. 피리를 실체화한 마이는 쥐떼를 격퇴하고, 아슬아슬하게 BJ를 구해낸다.

"역시 내 눈이 틀리지 않았어. 앞으로도 계속 이런 식으로 하면 문제없을 거야. 잘 부탁해."

BJ의 페이지를 넘긴 마이는 거기에 나타난 문장을 읽고서 자신이 터무니없는 일에 휘말렸다는 사실을 깨닫는다.

네, 수고하셨습니다. 불가사의한 책을 줍게 된 소녀의 모험담의 제1화라는 느낌이 드는 글이네요.

주인공인 마이의 특기는 BJ(=아이템)와 책 속에 등장하는 것이라면 그것이 무엇이든 딱 한 번 실체화하는 능력이군요.

BJ는 아이템인 동시에 인격을 가진 캐릭터이기도 하므로, 이 이야기는 TV 드라마 〈파트너〉* 같은 버디물로도 만들어 갈 수 있겠네요. 적대자인 BE에게 조 종당하는 자객 역시 좀비 혹은

TV 드라마 〈파트너〉, TV 아사히

살인마로 설정하면 호러물의 느낌이 더해질 것이고, 이 작품 처럼 세계 명작 동화를 등장시킨다면 판타지 색이 강한 이야 기가 될 것입니다. 이런 식으로 제2화, 제3화도 꼭 생각해보 시기 바랍니다.

　그러면 이제 다른 작품도 한번 살펴보도록 하겠습니다.

작품 예시 6

제목 《천직 카운슬러 사나다 유키》

① 어떤 특기 또는 직업을 가진 주인공에게 작업 의뢰가 들 어오거나 문제가 발생한다.

　사나다 유키는 구루미시의 고용센터에서 근무하는 직원이 다. 취업 준비생이나 구조 조정으로 직장을 잃은 사람 들에게

---

* 원제는 《상봉相棒》으로 일본어로 동료, 단짝이라는 의미

구직 정보를 제공하거나 이력서와 자기소개서 쓰는 방법을 지도하는 일을 한다. 고용센터의 정기 인사이동으로 유키가 구루미시에 온 것은 불과 3일 전이었다.

그날 아침, 유키의 창구로 서른여덟 살에 무직인 아키히코가 찾아왔다. 선임자의 말로는 아키히코는 이곳에서 꽤 유명한 트러블 메이커라고 한다.

② 주인공은 특기나 직업상의 지식을 살려 여러 장애물을 뛰어넘는다.

아키히코와 첫 면담을 진행하던 유키는 그의 얼굴을 어디선가 본 듯한 기분이 든다. 아키히코는 10년쯤 전 TV 프로그램에 자주 등장하며 인기를 끌었던 아이돌 그룹 'JANK'의 멤버였다. JANK는 한때 절정의 인기를 누렸지만, 아키히코의 마약 소지 사건을 계기로 해체되었다. 그 후 다른 멤버들은 가수나 배우로 컴백했지만 아키히코만이 무직인 상태로 지금에 이르렀다.

유키는 참을성 있게 아키히코의 이야기에 귀를 기울이고, JANK가 해체하게 되는데 결정적인 원인을 제공했던, 즉 마약을 소지했던 사람이 사실은 아키히코가 아니라 리더인 마코토였음을 알게 된다. 당시 아키히코보다 인기가 많았던 마코토를 지키기 위해 기획사의 중역들이 아키히코에게 대신 죄를 뒤집어씌운 것이다.

③ 마침내 의뢰받은 일을 완수하거나 문제를 해결한다.

유키와 면담을 거듭하는 사이 아키히코는 서서히 의욕을 되찾는다. 가수로 데뷔하기 전부터 관심이 있었던 오토바이 정비 일을 하기 위해 여러 회사에 이력서를 보내는 한편, 휴일에는 양로원과 교도소에서 노래를 부르며 자원봉사도 하게 되었다.

그러던 어느 날, 교도소에서 알게 된 전직 조직폭력배 오쿠보가 아키히코에게 "마코토는 지금도 마약을 한다"라고 귀띔해주면서 사태는 급전개를 맞는다.

아키히코는 "마코토와 다시 한번 이야기해보고 싶다"라고 생각하며 마코토가 마약 거래상과 만나기로 한 장소로 오토바이를 몰고 가보지만, 또다시 마코토 대신 경찰에게 체포될 위기에 처한다. 현장으로 달려간 유키는 아키히코의 결백을 증명하고, 마코토는 과거의 죄까지 세상에 알려지면서 더는 빠져나가지 못하고 체포된다.

네, 수고하셨습니다. 고용센터 직원을 주인공으로 한 이색적인 히어로물이군요. 주인공이 고용센터에서 근무한다는 설정은 참신하면서도 친숙한 느낌을 줍니다. 아주 잘하셨습니다. 다만 주인공인 유키의 특기가 무엇인지가 명확하지 않은데, 그 부분이 마음에 걸립니다. 유키는 결국 트러블 메이커인 아키히코의 마음을 어떻게 해서 열 수 있었던 것일까요? 또 아키히코는 단지 '트러블 메이커'라고 쓰여 있을 뿐입니다만, 구체적으로는 어떤 문제를 일으켰나요?

이를테면 툭하면 대낮부터 술에 절어 알코올 냄새를 풀풀 풍기며 찾아와 담당 직원에게 시비를 걸며 성가시게 구는 것과, 창구에 와서도 입을 꾹 다문 채 한마디도 하지 않는 것은 한마디로 트러블이라고 해도 서로 성격이 다를 것입니다.

유키의 특기가 '아무리 마셔도 취하지 않는 술고래'라면 똑같이 술고래인 아키히코에게 술을 마구 권해서 곯아떨어지게 할 수 있을지도 모릅니다. 또는 "이야기를 들어야 할 카운슬러가 끊임없이 수다를 떨어, 끝내 상대방이 폭발해서 자기 이야기를 모조리 털어놓게 할 수 있다"는 특기를 지녔다면 묵묵부답인 아키히코의 입을 열게 할 수도 있겠지요.

이야기의 줄거리는 이처럼 캐릭터의 특성을 바꾸는 것만으로도 크게 바뀝니다. 여러분도 어느 정도 익숙해지고 나면, 주인공이나 조역의 캐릭터를 이리저리 바꿔보면서 플롯이 어떻게 변화해가는지 경험해보시기 바랍니다.

그런데 이 작품에는 또 한 가지 마음에 걸리는 부분이 있었습니다. 바로 주인공이 이 이야기에서 해결해야 하는 과제가 모호하다는 것입니다.

유키의 목적은 '아키히코가 재취업하게 하는 것'인가요, 아니면 '아키히코의 과거의 무고를 증명하고, 마코토를 체포하는 것'인가요? 지금의 이야기대로라면, 전반부와 후반부에서 유키의 목표가 서로 다른 것처럼 보입니다.

아키히코의 재취업을 돕기 위해 이런저런 노력을 기울이는 사이 어쩌다 아키히코의 과거를 알게 되었다는 전개 자체는 나쁘지 않습니다. 다만, 고용센터의 일개 직원에 불과한 유키가 어째서 마약 거래 현장에까지 달려가게 되었나요? 이 플롯만으로는 설명이 충분치 않아서 고개를 갸웃하게 됩니다.

면담을 거듭하는 동안 유키와 아키히코 사이에는 직원과 구직자라는 입장을 초월한 우정이 싹텄다든가 트러블 메이커인 아키히코가 억지로 유키를 현장으로 데려간 것으로 한다면, 후반부와 연결이 더욱 명확해질 것입니다.

여기에 과거의 무고가 증명된 아키히코가 오토바이 회사에 취직해서 모든 일이 잘 풀리게 된다는 식으로 전개해나가면 독자들이 한결 쉽게 이해할 수 있는 이야기가 될 것입니다.

여러분, 어떠신가요. 히어로물의 기본적인 작법에 대해서 어렴풋이나마 알게 되셨나요?

공교롭게도 이 장에서 살펴본 작품에서는 마이와 BJ, 유키와 아키히코 같은 콤비가 등장했군요. 내친김에 다음 장에서는 두 인물이 짝을 이뤄 활약하는 버디물의 템플릿을 소개하기로 하겠습니다.

TEMPLATE 4
버디물

버디물이란

'버디buddy'는 우리말로 동료, 친구, 단짝이라는 뜻입니다. 앞 장에서 언급한 TV 드라마 〈파트너〉 역시 스토리의 골격은 버디물입니다.

처지도 성격도 정반대인 두 사람이 어떠한 계기로 한 팀이 되어 처음에는 티격태격하지만 점차 서로를 이해하며 끈끈한 유대감을 다져나가게 된다……. 이렇게 말하면 여러분도 "아, 그 이야기?" 하며 퍼뜩 머리에 떠오르는 작품이 있지 않으신가요?

영화 세계에서는 '버디 필름', '버디 무비' 등으로 일컬어지며, 하나의 독립된 장르로 확립되어 있을 만큼 많이 쓰이는 플롯

TV 드라마 〈파트너〉, TV 아사히

입니다. 여러분도 꼭 완벽하게 습득해서 여러분의 작품에 활용해보시기 바랍니다.

그러면 이제 버디물의 템플릿을 살펴보기로 하겠습니다.

템플릿 4

❶ 주인공과 부주인공이 우연히 만나 행동을 함께하게 된다.
❷ 두 사람은 대립과 갈등을 반복한다.
❸ 마침내 두 사람 사이에 끈끈한 유대감이 생겨난다.

그러면 이것을 앞에서 소개한 로맨틱 코미디의 템플릿과 비교해보겠습니다.

① 남녀(동성 커플의 경우는 남남, 여여)가 우연히 만나 사랑에 빠진다.
② 두 사람은 여러 가지 장애물을 뛰어넘는다.
③ 마침내 두 사람의 사랑이 이루어진다.

어떤가요? 거의 똑같은 유형이지요?

두 사람이 우연히 만나 마침내 사이가 좋아진다는 흐름은 버디물이나 로맨틱 코미디나 똑같습니다.

차이라면 우선 ①의 부분입니다. 로맨틱 코미디의 남자 주인공과 여자 주인공이 비교적 이른 시점에 연인 관계로 발전하는 반면에, 버디물의 주인공과 부주인공은 행동을 함께하게 되는 것 뿐입니다. 오히려 이 시점에서는 서로에게 호감보다는 반감을 느끼는 패턴이 단연 많습니다.

또한 로맨틱 코미디의 주인공과 부주인공은 기본적으로 남녀 한 커플이지만, 버디물은 부모 자식이나 형제, 직장 동료, 또는 1989년에 제작된 미국 영화 〈케이 나인〉처럼 인간과 동물의 조합으로 설정하는 것도 가능합니다.

다음으로 ②의 부분을 살펴보겠습니다. 로맨틱 코미디에서는 두 사람의 사이를 가로막는 장애물은 핸디캡이나 방해자, 불이익 등으로 여러 가지 변주가 가능한 반면에, 버디물에서는 기본적으로 두 사람 사이의 대립과 갈등이 중심이 됩니다. 너무 노골적인 말일지 몰라도, 하나부터 열까지 사사건건 부딪히는 콤비를 만들어두면 버디물의 플롯은 이미 절반은 완성된 셈입니다. 나머지는 대립과 화해를 반복하는 두 사람의 모습

영화 〈케이 나인〉, 로드 다니엘 감독, 유니버설 픽처스/UIP

을 그려나가기만 하면 됩니다

"저기, 질문 하나 해도 될까요?"

네, 뭐지요?

"예전에 제가 〈케이 나인〉을 본 적이 있는데요. 그 영화는 주인공인 형사가 마약 거래상을 체포하는 이야기가 아닌가요?"

그렇습니다.

"물론 주인공과 파트너인 경찰견의 호흡이 서로 안 맞는 장면이 몇몇 있기는 해도, 그건 말하자면 보조적 에피소드이고, 중심은 주인공이 거래상을 체포할 수 있느냐 없느냐 하는 이야기였다고 기억하거든요……."

그러시군요. 그럼 질문을 조금 정리해보겠습니다.

〈케이 나인〉은 주인공이 마약 거래상을 체포하는 이야기로, 파트너인 경찰견과 주인공의 사이가 좋아지는 에피소드는 조금밖에 나오지 않았다. 그 말은 결국 〈케이 나인〉은 버디물로 볼 수 없는 게 아니냐. 이런 의미로 질문하신 게 맞요?

"맞아요."

알겠습니다. 그럼 답변을 해드려야겠네요.

여러분, 장르에 관해서 설명한 것을 기억하고 계신가요? 한마디로 말해서 '장르'라고 해도, 거기에는 다양한 분류 방법이 있었습니다. 영화 〈케이 나인〉을 결말에 초점을 맞춰 분류하면 해피 엔딩 장르가 됩니다. 시대에 초점을 맞춰 분류하면 현대물, 주인공의 직업을 기준으로 분류한다면 형사물이 되겠지요.

또한, 장르에는 대략적인 스토리의 전개, 곧 플롯으로 분류하는 방법도 있었습니다. 그것이 지금 이 책에서 소개하고 있는 재난물이나 로맨틱 코미디, 히어로물인 것입니다.

그런데 이러한 플롯은 '한 작품당 하나씩만 사용해야 한다!'라고 특별히 정해진 것은 아닙니다. 로맨틱 코미디인 동시에 히어로물이어도 좋습니다. 또 대부분의 스포츠물이 빌둥스로만Bildungsroman, 다른 말로 성장담*의 요소도 포함하고 있듯이 엔터테인먼트 작품은 대체로 여러 장르를 넘나들며 만들어지는 것이 일반적입니다.

방금 질문하신 〈케이 나인〉은 플롯을 기준으로 분류하자면, "주인공이 자신의 직업적 기술을 살려서 사건을 해결한다"라는 전개에 주목하면 히어로물이 될 수 있고, 서로 손발이 맞지 않는 파트너와 계속 아웅다웅하다가 마지막에는 끈끈한 유대감으로 이어진다는 점에 주목하면 버디물이 될 수

* 한 인간이 시련을 겪으며 어른으로 성장하는 과정을 그린 이야기

있을 것입니다.

이와 같이 두 갈래 이상의 플롯을 복합적으로 구성하는 방법은 기술로 치자면 중급 수준에 해당합니다. 글쓰기 초보 단계에서는 연습하기 위해서라도 가급적 단순한 플롯을 만들어보시기를 권합니다.

자, 그러면 다시 버디물의 이야기로 돌아가겠습니다. 앞에서 도무지 마음이 맞지 않는 콤비를 만드는 것만으로도 플롯의 절반은 완성된 것이나 마찬가지라고 앞에서도 이야기했습니다. 그렇다면 우리가 해야 할 일은 대립과 갈등을 일으키기 쉬운 조합을 만들어내는 것입니다.

대립과 갈등의 소재는 수도 없이 많겠지만, 이 책에서는 다음 두 가지 관점에서 생각해보기로 하겠습니다.

A 양자의 힘의 관계
B 가치관의 차이

누구나 남의 말을 억지로 따라야 하는 상황은 달갑지 않을 것입니다. 하지만 상대가 자신의 상사이거나 약점을 쥐고 있는 사람이라면 싫어도 어쩔 수 없이 따를 수밖에 없습니다.

그런 상대와 스물네 시간 내내 붙어 있어야 하는 처지가 된다면 어떨까요? 그때까지 어떻게든 숨겨왔던 속마음도 어쩌다 무심결에 흘러나와버릴지도 모릅니다. 그렇다면 그 말을 들은 쪽은 어떨까요? 기분이 상해서 권력을 방패로 설교를 늘어놓거나 상대편의 약점을 공격하기도 할 것입니다. 그렇게 두 사람 사이의 갈등의 골은 점점 깊어져갑니다.

이처럼 양자가 가지고 있는 힘에 의도적으로 차이를 만들어주면, 두 사람 사이에 반감의 씨앗을 뿌릴 수 있습니다.

그러면 두 사람이 동등한 힘을 가진 관계라면 어떻게 될까요? 서로 아웅다웅 다투지 않게 될까요? 그럴 리가 없습니다. 같은 직장, 같은 사무실에서 나란히 앉아서 일하는 동료 사이지만, 한 사람은 상대의 세심하지 못하고 덜렁거리는 꼴을 보면 참을 수가 없고, 다른 한 사람은 상대의 심한 잔소리와 지적에 진저리가 나는 상태다…… 이러한 예는 너무 많아서 일일이 셀 수 없을 정도입니다. 이 경우는 힘의 관계가 아니라 양자의 가치관의 차이가 대립의 원인이 된 것입니다.

그러므로 이번에는 두 종류로 나눠서 실습을 해보기로 하겠습니다. 큼직한 종이를 준비해주십시오. 컴퓨터를 사용하는 분은 컴퓨터에 직접 입력하셔도 상관없습니다.

준비가 다 되셨습니까?

그렇다면 (1) 양자 간에 힘의 차이가 존재하는 조합과 (2) 가치관이 대립하는 조합을 각각 머리에 떠오르는 대로 써주시기 바랍니다. 적어도 50개씩, 가능하면 100개씩 써주시면 더욱 좋겠습니다.

이 책을 읽고 있는 여러분도 여기서 잠시 책을 덮고, 아이디어를 짜내주시기 바랍니다.

아시겠지요? 자, 준비, 시작!

실습 7-1

주인공과 부주인공 사이에 힘의 차이가 존재하는 조합을 100개 생각해보기 바랍니다.

……다 생각하셨나요?

그러면 여러분의 적어낸 아이디어를 한번 살펴보기로 하겠습니다.

- 상사와 부하.
- 선생과 학생.
- 부모와 자식.
- 포식자와 피포식자.
- 형사와 범인.
- 선배와 후배.
- 노인과 젊은이.
- 큰 동물과 작은 동물.
- 협박하는 쪽과 협박당하는 쪽.
- 쫓는 쪽과 쫓기는 쪽.
- 사랑하는 쪽과 사랑받는 쪽.
- (군대 등의) 상관과 부하.
- 사장과 사원.
- 괴롭히는 아이와 괴롭힘을 당하는 아이.
- 거미와 나비.
- 사자와 쥐.
- 우등생과 열등생.
- 지능 지수가 높은 사람과 낮은 사람.
- 사랑받는 사람과 미움받는 사람.
- 인기 있는 가수와 인기 없는 가수.
- 베스트셀러 작가와 무명작가.
- 군인과 일반인.
- 정부 관료와 일반인.
- 군인과 포로.

- 가게 주인과 (그 가게에서) 물건을 훔치다가 붙잡힌 사람.
- 봉건 시대의 남자와 여자.
- 비장애인과 장애인.
- 살아 있는 사람과 유령.
- 좀비와 좀비 사냥꾼.
- 뱀파이어와 평범한 인간.
- 초능력자와 평범한 인간.
- 몬스터와 평범한 인간.
- 스토킹을 하는 사람과 스토킹을 당하는 사람.
- 며느리와 시어머니.
- 부자와 빈자.
- 성공한 자와 실패한 자.
- 꿈을 이룬 사람과 이루지 못한 사람.
- 머리가 좋은 사람과 나쁜 사람.
- 대장 원숭이와 평범한 원숭이.
- 범죄 혐의를 받는 사람과 받지 않는 사람.
- 테러리스트와 인질.
- 은행 강도와 인질.
- 감금한 사람과 감금당한 사람.
- 차별하는 사람과 차별받는 사람.
- 왕과 거지.
- 솜씨가 좋은 도둑과 형편없는 도둑.
- 솜씨가 좋은 살인 청부업자와 형편없는 살인 청부업자.
- 수완 좋은 변호사와 햇병아리 변호사.
- 실력파 형사와 얼치기 형사.
- 명의와 돌팔이 의사.
- 토끼와 거북이.

- 프로 육상 선수와 육상부 소속 중학생.
- 프리마돈나와 백댄서.
- 주인공과 기타 등등.
- 고양이와 쥐.
- 정복민과 피정복민.
- 주인과 노예.
- 로마 원로원 위원과 일반 시민.
- 군대 개미와 보통 개미.
- 여왕벌과 일벌.
- 본가와 분가.
- 본사 사원과 자회사 사원.
- 본부에 소속된 사람과 지부에 소속된 사람.
- 밤눈이 밝은 사람과 그렇지 않은 사람.
- 시력이 좋은 사람과 나쁜 사람.
- (우주 공간에서) 산소를 충분히 확보한 사람과 산소가 거의 떨어져가는 사람.
- 석유 산유국의 사람과 석유 수입국의 사람.
- 도매점과 소매점.
- 편집자와 작가.
- 편집자와 만화가.
- 점원과 손님.
- 세무서 직원과 일반 시민.
- 면접관과 구직자.
- (군사국가에서) 무관과 문관.
- 황제와 환관.
- (상왕 정치가 펼쳐지는 시기의) 상왕과 왕.
- 노인과 가사도우미.

- 봉건 군주와 평민.
- 왕과 평민.
- 고용주와 종업원.
- 경찰서장과 경찰관.
- (다도 등의) 종가와 제자.
- 비밀 조직의 자객과 비밀 조직에서 탈주한 자객.
- 어른과 아이.
- 선발 선수와 후보 선수.
- (미래 사회에서) 지구인과 우주 식민지 주민.
- 거짓말을 하는 사람과 하지 않는 사람.
- 비밀이 있는 사람과 없는 사람.
- 아픈 사람과 건강한 사람.
- 눈이 보이는 사람과 보이지 않는 사람.
- 길을 알고 있는 사람과 모르는 사람.
- 신과 신에게 바쳐지는 제물.
- 범죄를 저질렀다고 의심받는 사람과 의심받지 않는 사람.
- 범인과 피해자.
- 마약 판매상과 고객.
- 투명 인간과 평범한 인간.
- 매춘부와 포주.
- 무언가에 구속당한 사람과 자유로운 사람.
- 슈퍼카를 타는 사람과 일반 승용차를 타는 사람.
- 무언가가 무서운 사람과 무섭지 않은 사람.

네, 수고하셨습니다. 딱 100개씩 채워주셨네요.

그렇다면 앞 장과 마찬가지로 계통별로 살펴보기로 하겠습니다.

능력

여러분이 적어낸 아이디어 중에서 가장 많았던 것이 "명의와 돌팔이 의사", "수완 좋은 변호사와 햇병아리 변호사"와 같이 특정 기술을 설정하고, 그 기술에 숙달한 사람과 그렇지 않은 사람을 조합하는 방법이었습니다. 사람은 누구나 자기보다 뛰어난 능력을 가진 상대에게 열등감이나 질투심을 느끼기 마련입니다. 그러므로 능력의 차이는 충분히 대립과 갈등의 원인이 될 수 있습니다.

능력의 차이는 대상이 되는 기술을 무엇으로 설정하느냐에 따라, 거의 무한대의 조합을 만들어낼 수 있습니다. 동시에 그 기술이 중요하게 쓰이는 장면 이외에는 힘의 관계가 역전되는 사례도 있다는 것도 꼭 기억해두시기 바랍니다.

예를 들어, 수완 좋은 변호사와 햇병아리 변호사의 조합을 생각해봅시다. 법정에서는 당연히 수완 좋은 변호사 쪽이 압도적으로 유리합니다. 그런데 변호사 대항 농구 대회—이런 대회가 있다고 칩시다—에서는 학생 시절 농구부에서 활동

했던 햇병아리 변호사가 운동은 젬병인 수완 좋은 변호사를 제치고 엄청난 활약을 펼칠지도 모릅니다.

이와 같이 상대적으로 우위에 있는 인물을 모든 면에서 우월한 지위에 두지 않고, 약한 쪽 역시 무언가 강점을 가지게 하면 이야기를 훨씬 재미있게 끌어갈 수 있습니다.

권력

다음으로 많았던 아이디어가 "상사와 부하", "주인과 노예" 같이 A가 B보다 강한 권력을 쥐고 있는 패턴입니다. 앞에서 살펴본 능력과 비교해보자면, 능력은 단지 기술의 차이에 지나지 않지만, 권력은 권력자 A는 B에 대해 모종의 힘을 행사할 수 있다는 점이 다릅니다. "사장과 사원", "(군대 등의) 상관과 부하"와 같이 직위에 따라 권력이 정해져 있는 경우가 있는가 하면, "왕과 평민", "봉건 시대의 남자와 여자"같이 타고난 신분이나 그 시대의 사회 환경이 권력의 차이를 낳는 경우도 있습니다. 현대 사회에서도 "고용주와 종업원", "면접관과 구직자"와 같이 어느 한쪽이 다른 한쪽에 대해 모종의 권한을 갖고 있는 경우에는 저절로 상하 관계가 생겨나게 됩니다.

권위

'권력'과 비슷한 말로는 '권위'가 있습니다. 두 단어는 뜻이 겹치는 부분이 많고, 비슷한 장면에서 사용되는 경우도 많습니다. 다만 여기서는 의도적으로 두 단어의 차이점에 주목해 보려 합니다.

권력은 상대를 지배하는 힘입니다. 권위는 상대에게 존경이나 복종하는 마음을 일으키게 하는 힘입니다.

봉건 군주는 자신의 백성을 지배할 수 있을지는 모르지만, 모든 백성이 그 군주를 존경한다고는 할 수 없습니다. 즉 그에겐 권력은 있지만, 권위까지 갖추었다고 말하기는 어려운 것이지요.

한편 다도나 수학의 대가를 가리켜 '그 분야의 권위'라고 말하는 것처럼, 많은 사람이 "그 사람은 뛰어나다"라고 인정하면 그 사람에게는 권위가 부여됩니다.

물론 권력자인 군주가 권위까지 갖추고 있거나, '○○유파의 권위'로 일컬어지는 이에모토 가 제자들에게 권력을 휘두르는 일도 있을 것입니다.

하지만 권력과 권위의 차이를 명확히 이해하고 구별해 사

---

* 일본의 전통 예능의 한 유파를 창시하고 그 전통이나 가르침을 계승하고 전하는 집안, 또는 그 지위에 있는 사람

용할 수 있게 되면, 버디물을 만들 때 두 사람의 관계에도 변화를 줄 수 있습니다.

예를 들어, "존경하는 상사(=권력과 권위를 겸비하고 있다)의 출장에 동행한 주인공이 출장지에서 상사의 파렴치한 행위를 목격하고서 완전히 정나미가 떨어져버렸다(=상사의 권위가 추락했다). 하지만 상사의 명령에 무조건 따라야 하는 주인공은 울며 겨자 먹기로 상사의 뒤치다꺼리를 할 수밖에 없는데……" 하는 식으로 두 사람의 인간관계를 자유자재로 변화시켜나갈 수 있는 것입니다.

권력과 권위의 경우뿐만 아니라, 이러한 세세한 어감의 차이를 민감하게 받아들이는 훈련을 해두면, 여러분 자신의 작품을 쓸 때 큰 도움이 될 것입니다.

포식 관계

"고양이와 쥐", "뱀파이어와 평범한 인간"처럼 어느 한쪽이 다른 한쪽을 포식하는 조합은 필연적으로 이야기의 긴장감을 고조시킵니다. 이런 유형의 조합으로 버디물을 쓸 경우, 그대로 내버려두면 잡아먹을 것이 분명한 상대를 어째서 잡아먹지 않는가, 잡아먹힐 것이 분명한 상대가 어째서 잡아먹히지 않는가 하는 구조가 중요해집니다.

글쓰기 초보 단계에서 저지르기 쉬운 실수는 이 두 사람을 재빨리 연인 사이로 진전시키거나, 포식자의 성격을 온순하게 만들어버리는 것입니다. 하지만 이래서는 아무런 재미가 없습니다. 또한 긴장감 넘치는 조합이 지닌 장점을 잘 살릴 수 없게 됩니다.

고양이는 쥐를 잡아먹고 싶어 안달이 났지만 도저히 잡아먹을 수가 없다, 쥐는 도망가고 싶어 죽을 지경이지만 도저히 도망칠 수가 없다. 이러한 갈등이 적어도 이야기의 중반 정도까지는 계속해서 이어질 수 있도록 열심히 지혜를 모아주시기 바랍니다.

약점이나 부채감

'더 많이 사랑하는 쪽이 약자'라는 말이 있습니다. 말하자면, 마치 상대방이 자신의 약점을 쥐고 있기라도 한 듯 일방적으로 끌려다니기만 하는 것이지요. 우리는 자신의 약점을 쥐고 있는 상대에게는 좀처럼 강하게 나서지 못합니다. 이런 점을 생각하면, 사랑 역시 힘의 관계라고 할 수 있을 것입니다.

비교적 단순한 약점이라고 하면, 앞에서 말한 연애 관계 외에도 비밀을 알아챈 사람과 비밀을 들킨 사람의 관계가 있습니다. 살해 현장이 발각된 범인과 목격자, 살인까지는 아니더라도 불륜이나 전과, 숨기고 싶었던 성장 과정 등을 들킨 사람과 알아챈 사람의 조합을 만들면, 앞에서 설명한 포식 관계와 마찬가지로 높은 긴장감을 만들어낼 수 있습니다.

그 밖에도 고아였던 자신을 거두어준 양부모의 뜻에 거역하지 못한다, 생명의 은인에게 부채감을 느낀다 등 여러 가지 상황이 있으므로, 각자 자기 나름대로 생각해보는 시간을 가져보시기 바랍니다.

콤플렉스

또 하나, 꼭 기억해둬야 할 심리적인 약점이 있습니다. 바로 콤플렉스입니다.

흔히 '열등감'과 거의 같은 의미로 쓰이는 경우가 많지만, 실제로 심리학에서 말하는 콤플렉스는 조금 더 복잡합니다. 심리학을 끌어오지 않더라도 원래 '복합체'라는 의미를 내포한 단어인 만큼, 콤플렉스는 단순히 능력의 우열이라든가 외모의 미추만으로 갖게 되는 것은 아닙니다.

우리 주변에서 흔히 볼 수 있음 직한 예를 하나 들어보겠습니다.

보통 사람보다 조금 통통한 체형이 늘 마음에 들지 않는 A는 늘씬한 후배 B를 볼 때마다 사사건건 참견하거나 밉살스

러운 소리를 늘어놓으면서도, B처럼 호리호리한 체형의 C에게는 지극히 평범하게 대한다. 이런 관계에서 A와 B가 어쩔 수 없이 함께 행동해야 할 일이 생긴다. 이처럼 이야기가 점차 전개되어 가면서 A의 마음속에 억압되어 있던 여러 감정이 서서히 표면 위로 떠오르게 된다.

이런 식으로 이야기를 만들면 버디물인 동시에 스릴 넘치는 심리극이 될 수 있을 것입니다.

가진 자와 가지지 못한 자

"심해에서 무언가를 조사하던 중에 사고가 발생했다. 동료의 봄베가 파손되어 산소가 새어나가기 시작했다. 주인공의 봄베에는 해수면 위로 올라갈 때까지 버틸 수 있을 만큼 산소가 남아 있지만, 동료와 둘이서 나눠 쓰기에는 부족하다……."

어떤가요? 이 정도의 짧은 설정을 읽는 것만으로도 조마조마해지지 않으셨나요?

가진 자와 가지지 못한 자의 조합을 재미있게 만드는 요령은 어느 한쪽이 가지고 다른 한쪽이 가지지 못한 무언가를 가급적 구체적으로, 그러면서도 그 이야기에서 결정적인 의미를 지닌 것으로 설정하는 것입니다. 앞에서 예로 들었던 설정도 그랬지요? 지상에 있다면 산소의 있고 없음이 양자의 입장에 아무런 영향도 미치지 않겠지만, 심해나 우주에서는 그 차이가 생사를 가르게 될지도 모릅니다.

여러분이 구상한 아이디어 중에서는 가장 수가 적었던 항목이지만, 실제로는 무척 유용하게 쓸 수 있는 조합입니다. 부디 지혜를 짜내어 독창적인 '무언가'를 만들어내시기 바랍니다.

이어서 다음 실습으로 들어가 보겠습니다. 이번에는 양자의 가치관이 대립하는 조합을 생각해주시기 바랍니다.

준비되셨나요? 자, 시작!

실습 7-2

주인공과 부주인공 사이에 가치관이 대립하는 조합을 100개 생각해보시기 바랍니다.

······다 되셨나요?

그러면 여러분이 직접 적어낸 아이디어를 살펴봅시다.

아이디어 100

- 여자는 결혼하면 가정에만 충실해야 한다/결혼해도 지금 하는 일을 계속해야 한다.
- 여자가 뚱뚱하면 보기에 좋지 않다/여자는 약간 통통해야 보기에 좋다.
- 자식은 부모를 무조건 따라야 한다/자식이라도 부모가 틀렸을 때는 바로잡아야 한다.
- 민주주의/사회주의.
- 사형 찬성파/반대파.
- 핵발전 시설은 폐기해야 한다/유지해야 한다.
- 반려동물의 안락사 찬성/반대.
- 인간의 존엄사 찬성/반대.
- 일보다 가정이 중요하다/가정보다 일을 우선해야 한다.
- 본가보다 시가가 중요하다/시가보다 본가가 중요하다.
- 어떤 이유에서든 살인은 죄악이다/합당한 이유가 있다면 살인도 정당하다.
- 모든 것을 큰 틀에서 판단해야 한다/세세한 부분을 소홀히 해서는 안 된다.
- 사람은 외모가 중요하다/내면이 중요하다.
- 급진파/온건파.
- 협조 노선/대립 노선.
- 평화를 원한다/결사항전을 원한다.
- 공부는 잘해야 한다/공부보다 중요한 것이 있다.
- 이 세상은 돈이 전부다/이 세상에는 돈으로 살 수 없는 것이 있다.
- 사랑도 돈으로 살 수 있다/사랑은 돈으로 살 수 없다.
- 거치적거리는 낙오자는 두고 간다/모두가 힘을 모아 돕는다.
- 종신고용제도/성과주의.
- 흡혈귀에게 인권은 없다/흡혈귀에게도 인권은 있다.

- 로봇에게 인권은 없다/로봇에게도 인권은 있다.
- 갓파 가 올림픽에 출전해도 문제없다/갓파가 올림픽에 출전하는 것은 비겁한 반칙이다.
- 사람이 살아가는 데 필요한 것은 사랑이다/사랑보다 돈과 음식이 더 중요하다.
- 생각이 달라도 대화를 나누다 보면 서로를 이해할 수 있다/이야기해 봐야 소용없다.
- 서양주의/동양주의.
- 법에 따르는 것이 선이다/양심에 따르는 것이 선이다.
- 개파/고양이파.
- 연공서열주의/성과주의.
- 큰일을 할 때는 작은 일은 무시해도 된다/어떤 상황이라도 작은 일을 무시해서는 안 된다.
- 괴롭히는 아이가 나쁘다/괴롭힘을 당하는 아이에게도 문제가 있다.
- 부모가 나쁘다/사회가 나쁘다.
- 자식은 부모를 따라야 한다/부모도 늙어서는 자식을 따라야 한다.
- 재능의 차이는 노력으로 만회할 수 있다/타고난 소질은 어쩔 도리가 없다.
- 무슨 수를 쓰든 이기기만 하면 그만이다/비겁한 수를 써서 이길 바에는 지는 게 낫다.
- 성공하면 사랑받는다/예쁘면 사랑받는다.
- 대통령 후보로 A를 미는 사람/B를 미는 사람.
- 노인을 공경해야 한다/노인은 물러날 때를 알아야 한다.
- 아빠가 좋다/엄마가 좋다.
- 우리 부모는 이혼하는 편이 좋다/아빠와 엄마가 같이 사는 편이 좋다.
- 아빠가 재혼한 새엄마가 싫다/남편이 데려온 전처 자식과는 성격이 안 맞

※ 일본 민담이나 설화에 자주 등장하는 요괴. 헤엄을 잘 치고 어린애 모습을 하고 있다.

을 것 같다.

- 건강 마니아/B급 식도락 마니아.
- 문과계/이과계.
- 문과계/체육계.
- 문관/무관.
- 중앙집권/지방분권.
- 결과를 중시하는 사람/과정을 중시하는 사람.
- 하고 싶은 일을 우선한다/해야 할 일을 우선한다.
- 힘은 모든 것을 압도한다/기술은 모든 것을 압도한다.
- 정면에서 당당하게 일을 진행한다/뒤에서 은밀하게 일을 진행한다.
- 싸울 때도 예절이 있다/싸울 때는 어떤 수단이든 허용된다.
- 대의 앞에서 개인의 의사는 무의미하다/개인의 의사를 무시한 대의란 있을 수 없다.
- 청년 무직자 긍정파/부정파.
- 초자연 현상을 믿는 사람/믿지 않는 사람.
- 오타쿠/리얼충*.
- 기독교 신자/불교 신자.
- 일신교 신자/다신교 신자.
- 모성/부성.
- 깔끔한 사람/지저분한 사람.
- 논리적인 사람/감정적인 사람.
- 여성적인 사람/남성적인 사람.
- 꼼꼼한 사람/털털한 사람.
- 브라더 콤플렉스/시스터 콤플렉스.
- 봄을 좋아하는 사람/가을을 좋아하는 사람.

* 현실 생활에 충실한 사람을 가리키는 신조어로 일본 인터넷 커뮤니티 2채널에서 만들어진 인터넷 속어

- 다툼은 우격다짐으로 해결한다/대화로 해결한다.
- 권투를 좋아하는 사람/싫어하는 사람.
- 바람둥이형/일편단심형.
- 채식주의자/가리지 않고 다 먹는 잡식성.
- 요미우리 자이언츠 팬*/한신 타이거즈 팬**.
- 피해망상자/가해망상자.
- 사디스트/마조히스트.
- 도박을 좋아하는 사람/싫어하는 사람.
- 초등학생의 영어 교육에 찬성하는 사람/반대하는 사람.
- 애연가/혐연가.
- 남자를 싫어하는 여자/좋아하는 여자.
- 낙관적인 사람/비관적인 사람.
- 향락적인 사람/금욕적인 사람.
- 성급한 사람/느긋한 사람.
- 인생은 수행이다/오직 한 번뿐인 인생, 즐기지 않으면 손해다.
- 세상에 믿을 사람이 하나도 없다/어디를 가나 사람 사는 곳에 인정은 있다.
- 결혼식은 호화롭게 치르고 싶다/소박하고 검소하게 치르고 싶다.
- 닭꼬치 소금구이파/양념구이파.
- 국왕파/추기경파.
- 화장실 양변기파/화변기파.
- 소주파/위스키파.
- 당한 만큼 갚아준다/오른쪽 뺨을 맞으면 왼쪽 뺨도 내준다.
- 넘어진 아이는 안아 일으켜 세운다/스스로 일어설 때까지 기다려준다.
- 넘어진 아이는 안아 일으켜 세운다/내버려두고 먼저 간다.

---

* 도쿄를 연고지로 둔 센트럴리그 야구팀. 현존 야구 구단 중 가장 역사가 길며 우승 횟수도 가장 많다. 한신 타이거즈와는 일본 프로야구 최대 라이벌이다.
** 효고현을 연고지로 둔 센트럴리그 야구팀

- 자신의 실수를 솔직하게 말하는 사람/아무 말 없이 어물쩍 넘기는 사람.
- 스마트폰에 메모를 하는 사람/종이 수첩을 고집하는 사람.
- 전자책을 좋아하는 사람/종이책을 좋아하는 사람.
- 제대로 아침밥을 챙겨 먹는 사람/커피 한 잔으로 아침밥을 대신하는 사람.
- 동양 문화에 심취한 서양인/서양 문화에 심취한 동양인.
- 화려한 사람/수수한 사람.
- 돈 씀씀이가 헤픈 사람/검소한 사람.
- 과식증/거식증.
- 매운 음식을 잘 먹는 사람/못 먹는 사람.
- 자유지상주의/공리주의.
- 주관적인 사람/객관적인 사람.

네, 수고 많으셨습니다. 딱 맞춰서 100개를 적어주셨군요. 그런데 여러분 표정을 보니 이번에는 꽤 고전하신 것 같네요.

앞에서와 마찬가지로 계통별로 분류해서 살펴보려고 했지만, 이번에는 가치관 이외의 항목이 다소 섞여 있으므로, 우선은 그 부분을 정리하는 것에서부터 시작해보겠습니다.

주의 · 사상 · 종교

이번에 여러분이 적어낸 아이디어 가운데 꽤 높은 비율을 차지한 것이 "민주주의/사회주의", "기독교 신자/불교 신자"와 같이 대립하는 (또는 대립하는 것처럼 생각되는) 사상이나 종교의 조합이었습니다.

설정 자체는 결코 나쁘지 않습니다. 다만 대립하는 두 사람의 성격과 연관 지어서 이야기를 만들 경우에는 조금 더 깊게 파고들 필요가 있습니다.

내친김에 덧붙이자면 사회주의 혹은 공산주의를 민주주의와 대립되는 개념으로 파악하는 분들이 있는데, 사회주의와 민주주의는 분류하는 방법이 다릅니다. 즉, 민주주의의 대립 개념은 독재주의, 사회주의의 대립 개념은 자본주의입니다. 또한 기독교와 불교는 깊이 공부해보면 유사한 부분이 상당히 많다는 것을 알 수 있습니다.

일단 그런 부분은 여기까지만 해두고, 원래 하던 이야기로 돌아가겠습니다.

예를 들어 '민주주의자인 주인공과 독재주의자인 부주인공의 대립'으로 설정했다고 합시다. 이것만으로는 두 사람이 어떻게 대립하고 있는지 잘 알 수가 없습니다. 구체적으로 어떻게 대립하게 하는 것이 좋을까요? 가령 이런 것입니다.

'모두의 의견을 듣고 다수결로 정하자'라고 생각하는 주인공과 '가장 뛰어난 사람이 혼자서 결정하면 된다'라고 생각하는 부주인공이 대립한다.

상당히 구체적이지요?

나아가 '여러 사람의 의견을 들어보고 나의 생각이 맞는지 틀리는지 확인해봐야 안심이 된다'라고 생각하는 주인공과 '사실은 타인의 의견 따위 뭐가 됐든 상관없다. 어차피 내가 가장 좋은 의견을 가지고 있을 테니까'라고 생각하는 부주인공이 대립한다는 설정도 좋습니다. 여기까지 파고들어 가면 두 사람 사이의 가치관의 차이는 명확해질 것입니다.

좋음과 싫음 · 찬성과 반대

"애연가/혐연가", "사형 찬성파/반대파"와 같이 좋음vs.싫음, 찬성vs.반대의 조합도 꽤 많이 나왔습니다. 어느 한 사안을 두고 한 사람은 그것이 좋다(혹은 찬성)고 말하고, 또 한 사람은 싫다(혹은 반대)고 말하는 조합이므로, 대립으로 끌고가는 것은 비교적 간단합니다.

다만 이것 역시 단순히 "담배를 좋아하는 A와 싫어하는 B의 대립"이라는 것만으로는 구체적인 에피소드가 잘 보이지 않습니다. A와 B에게 담배는 각각 어떤 의미일까요? 글쓰기 초보 단계에 있을 때는 특히 이런 부분을 의식해서 촘촘하게 채워넣는 습관을 들여주시기 바랍니다.

가령 '담배 냄새를 맡으면 아버지가 생각난다. 아버지는 가늘게 만 시가가 어울리는 무척 세련된 신사였다. 어른이 된 지금, 나도 아버지처럼 분위기 있는 남자가 되고 싶다'라고 생각하는 A와 '담배 냄새를 맡으면 아버지를 떠올리게 된다. 도박으로 신세를 망친 아버지의 입에서는 늘 술과 담배 냄새가 풀풀 났었다. 어른이 되어서도 나는 절대 그런 남자는 되고 싶지 않다'라고 생각하는 B라면, 가치관의 차이가 상당히 구체적입니다.

이 예에서 등장한 담배처럼 눈에 보이는 무언가를 좋아하거나 싫어하는 경우, 사람은 그 이면에 그에 관한 특정 이미지나 의미를 갖고 있는 경우가 많습니다.

이것은 'ㅇㅇ에 찬성/ㅇㅇ에 반대' 같은 경우도 마찬가지입니다. '○○을 좋아한다/○○을 싫어한다'와 같은 캐릭터는 그 ○○에서 어떤 의미를 발견하는가? 어떤 이미지를 품고 있는가? 그것이 바로 그 캐릭터의 가치관을 알기 위한 중요한 열쇠가 됩니다. 여러분도 부디 여기까지 깊이 파고들어 생각해보는 습관을 들이시기 바랍니다.

성격

"깔끔한 사람/지저분한 사람", "논리적인 사람/감정적인 사람"과 같이 상반되는 성격의 조합을 예로 들어준 분도 있었습니다. 얼핏 쉽게 대립하게 만들 수 있는 조합으로 보이지만, 이것 역시 단순히 '깔끔' 또는 '감정적'이라는 단어만으로는 너무 두루뭉술해서 구체적인 대립 구도가 머리에 그려지지 않습니다.

깔끔한 사람은 어떻게 깔끔한가, 지저분한 사람은 어떤 식으로 지저분한가. 우선은 이것부터 구체적인 예를 생각해봅시다.

자기 방이 늘 깔끔하게 정리정돈되어 있어야 마음이 편한 A, 자기 방이 어수선하고 너저분해야 마음이 편한 B와 같은 캐릭터를 구상했다고 합시다. '정리정돈된 방'이든 '너저분한 방'이든 구체적으로 눈에 보이는 것이지요? 그렇다면 이런 방에 대해 A와 B는 어떤 이미지나 의미를 갖고 있을 것입니다. '정리정돈된 방'은 A에게 무엇을 상징할까요? 혹은 만약 A의 방이 어질러진 상태라면 그것은 A에게 어떤 의미일까요? 앞서 이야기한 대로 이런 것들을 깊이 생각해봐야 합니다.

'나는 늘 자기 관리를 철저히 한다. 주변을 깔끔하게 정리하지 못하고 사는 건 인생을 포기한 것이나 마찬가지다. 더러운 방에서 치우지 않고 사는 저 녀석은 분명 인생을 포기한 놈이다'라고 생각하는 A와 '남자란 자고로 스케일이 커야 한다. 사소한 일에 연연하는 사람은 그릇이 작다는 증거다. 정리정돈 같은 자질구레한 일에 일일이 신경 쓰다가는 아무 일도 하지 못한다'라고 생각하는 B. 이런 식으로 생각을 발전시켜 나가면 두 사람의 가치관과 함께 성격의 차이도 좀 더 명확하게 드러나게 될 것입니다.

파벌

"개파/고양이파", "국왕파/추기경파"와 같은 'ㅇㅇ파' 간의 조합도 제법 나왔습니다.

"개파/고양이파"는 "개를 좋아한다/고양이를 좋아한다"라는 뜻이겠지요. 다만 두 사람이 각자 자기가 좋아하는 동물을 말하고 있을 뿐이므로, 이대로라면 대립이 성립하지 않습니다. 대립 구도를 만들려면 먼저 '개를 좋아하는(하지만 고양이는 싫어하는) A/고양이를 좋아하는(하지만 개는 싫어하는) B'처럼 서로 상대가 좋아하는 것은 싫어하고, 싫어하는 것은 좋아하는 것으로 설정합니다. 그런 다음 A에게 개는 어떤 상징성이 있고 고양이는 무엇을 의미하는가, B에게 고양이는 어떤 상징성이 있고 개는 어떤 이미지 때문에 싫어하는가를 깊이 파고들어갈 필요가 있습니다.

"국왕파/추기경파"의 경우는 "국왕에게 찬성/추기경에게 찬성"한다는 말이지요. 이 경우 역시 '국왕에게 찬성(하지만 추기경에게는 반대)/추기경에게 찬성(하지만 국왕에게는 반대)'으로 설정한 다음 국왕의 어떤 부분에 찬성하고 추기경의 어떤 부분에 반대하는지를 명확히 하고서 플롯 만들기에 들어가시기 바랍니다.

"개파/고양이파", "국왕파/추기경파"에 어떻게 구체적으로 접근하고 파고들 것인가 하는 방법에 대해서는 앞에서 나온 좋음과 싫음·찬성과 반대 항목을 참조하시기 바랍니다.

참고로 파벌의 경우, 이해관계가 대립을 낳는 조합도 있습니다. 예를 들면 이런 것입니다.

A는 국왕 쪽에 붙으면 이득을 보고 추기경 쪽에 붙으면 손해를 본다. 반대로 B는 추기경 쪽에 붙으면 이득을 보고 국왕

쪽에 붙으면 손해를 본다. 이런 경우 이해관계가 해소되면 대립할 이유도 사라지므로, 이해관계 말고도 가치관이 대립하게 되도록 미리 설정해두는 편이 좋습니다.

계열 · 기타

"문과계/이과계"나 "오타쿠/리얼충"은 이것만으로는 무엇과 무엇이 대립하고 있는지 명확히 알 수 없습니다. '문과다운 사고방식을 지닌 사람/이과다운 사고방식을 지닌 사람'이라면 성격이고, '문과 계열 대학에 다니는 사람/이과 계열 대학에 다니는 사람'이라면, 그 결과 어떤 점에서 대립하는지를 좀 더 곰곰이 생각해볼 필요가 있습니다.

"오타쿠/리얼충" 같은 경우도 마찬가지입니다. '오타쿠 같은 성격/리얼충 같은 성격'인가, '오타쿠다운 생활 방식/리얼충다운 생활 방식'인가. 문장을 제대로 완성한 다음, 그 둘이 구체적으로 어떤 성격이며 어떤 생활 방식을 추구하는지, 그 결과 무엇이 대립하는지 등 어떤 가치관이 대립 이면에 숨어 있는지도 명확히 해주어야 합니다.

가치관

"여자가 뚱뚱하면 보기에 좋지 않다/여자는 약간 통통해야 보기에 좋다", "무슨 수를 쓰든 이기면 그만이다/비겁한 수를 써서 이길 바에는 지는 게 낫다"와 같이 문장으로 가치관을 잘 정리해 써주신 분도 꽤 많았습니다. 가치관이 정해지면, 나머지는 거기에서 구체적인 행동을 끌어내기만 하면 됩니다.

"여자가 뚱뚱하면 보기에 좋지 않다"라는 가치관을 지닌 A는 그 가치관을 바탕으로 어떤 행동을 하는가. 이다음부터는 어떻게 설정하느냐에 따라 여러 가지 변주를 생각해낼 수 있습니다. 몇 가지 예를 들어서 설명해보겠습니다.

"여자가 뚱뚱하면 보기에 좋지 않다"라고 생각하는 A가 객관적으로 봤을 때 뚱뚱한가 그렇지 않은가에 따라서 행동 패턴이 달라집니다. 또 같은 A가 아직 십 대 소녀인 경우와 결혼에 조급한 마음이 드는 삼십 대 후반 여성의 경우 역시 마찬가지입니다.

만약 A가 남자라면 이야기는 또 백팔십도 달라집니다.

버디물의 주인공과 부주인공을 정할 때는 이와 같이 '가치관＋설정'으로 조합하는 패턴을 여러 개 생각해보는 것이 좋습니다. 아예 처음부터 캐릭터를 고정해놓고 행동하게 하는 것보다 발상이 유연해지고 무엇보다 플롯이 단연 재미있어집니다.

지금까지 여러분이 직접 만든 아이디어 리스트를 통해 대립과 갈등 구도를 쉽게 만들 수 있는 조합에 대해 살펴보았습니다.

물론 대립과 갈등을 일으키는 소재는 여기서 소개한 사례 말고도 얼마든지 있을 것입니다. 부디 이번 실습으로 끝내지 말고, 몇 번이고 거듭 생각해보시기 바랍니다.

버디물 플롯 만들기

그러면 이제 재료가 다 갖춰졌으므로 버디물의 플롯을 써보기로 하겠습니다. 이번 장의 앞부분에서 소개한 버디물의 템플릿을 다시 한번 떠올려보시기 바랍니다.

① 주인공과 부주인공이 우연히 만나 행동을 함께하게 된다.
② 두 사람은 대립과 갈등을 반복한다.
③ 마침내 두 사람 사이에 끈끈한 유대감이 생겨난다.

이 템플릿을 바탕으로 다음 네 가지 사항을 생각하면서 플롯을 써주시기 바랍니다.

- ◆ 작품의 제목
- ◆ 주인공과 부주인공의 힘의 관계, 또는 각각의 가치관
- ◆ 두 사람은 어떻게 대립하는가?
- ◆ 두 사람은 어떻게 대립을 극복하고 연대감을 형성하는 가?

이 책을 읽고 있는 여러분도 여기서 일단 책을 덮고 실습에 들어가주시기 바랍니다.

그럼, 준비, 시작!

실습 8

131쪽의 템플릿을 이용해서 버디물의 플롯을 써주십시오.

······어떠셨나요? 다 쓰셨나요?

그러면 여러분의 작품 중에서 한 편을 골라 살펴보기로 하 겠습니다.

제목《니카이도의 선물》

① 주인공과 부주인공이 우연히 만나 행동을 함께하게 된다.

11월. 때 이른 크리스마스 캐럴이 울려 퍼지는 어느 마을에서 카메라맨 아스카 세이지는 도로에 쓰러져 있는 산타 복장의 남자를 발견한다. 남자는 '니카이도'라고 자신의 이름을 밝히며 "집이 다 타 버려서 사흘 동안 아무것도 먹지 못했습니다. 밥을 좀 사주시면 안 될까요?"라고 부탁한다. 그 무렵, 마을에서는 연쇄 방화 사건이 일어나고 있었다.

세이지는 마침 역 앞에서 받아온 햄버거 무료 교환권을 그에게 건네고, 서둘러 그 자리를 떠난다. 화재로 집을 잃었다니 처지는 딱하지만, 쉽게 남에게 밥을 사 달라고 요구하는 뻔뻔함이 비위에 거슬렸다. 세이지는 남에게 기대지 않고 자기 힘으로 모든 것을 헤쳐나간다는 신조로 살아왔다. 누구나 자기 자신을 돌보고 자기 삶을 스스로 책임진다면 세상은 얼마나 좋아질까.

그날 밤, 이번에는 세이지의 집이 방화범의 표적이 되었다. 다행히 세이지는 무사했지만 집은 완전히 다 타버렸다. 컴퓨터며 카메라 등 기자재까지 숯덩이가 되어버렸다.

세이지는 이럴 때 의지할 만한 가족이나 친구는 물론 연인도 없었다. 남에게 의지하지 않고 자기 힘으로 살아간다는 그의 신조가 지금에 와서는 완전히 그의 발목을 잡는 결과를 낳고 만 것이다.

어쩔 수 없이 근처 공원에서 노숙을 시작한 세이지 앞에 언젠가 마주쳤던 산타 복장의 남자 니카이도가 나타난다.

"괜찮으시다면, 우리 집에 와서 지내시겠어요?"

"당신, 집이 없다고 하지 않았어?"

"그 뒤로 집을 빌려주겠다는 친절한 분을 만나서요."

니카이도를 뒤따라 도착한 곳은 철거 직전의 낡은 게임 센터다. 이렇게 해서 두 사람의 기묘한 동거 생활이 시작되었다.

② 두 사람은 대립과 갈등을 반복한다.

게임 센터에서 지내는 사람은 세이지와 니카이도뿐만이 아니었다. 가출한 소녀, 가족에게 버림받은 노인, 출근 거부증에 걸린 회사원 등 갈 곳 없는 사람들 몇 명이 그곳에서 생활하고 있었다. 모두 마음 착한 니카이도가 데리고 온 사람들이었다.

이를 본 세이지는 '이곳은 패배자 집합소야. 나는 달라. 나는 제 몸 하나는 혼자서도 충분히 건사할 수 있는 남자야'라고 생각한다.

세이지의 신경을 곤두서게 하는 일이 또 하나 있었다. 니카이도는 계속해서 밖에서 사람을 데리고 올 뿐만 아니라, 그들의 문제에 자기 일마냥 사사건건 참견해대는 것이다. 그러고서 이러지도 저러지도 못하게 됐을 때는 "세이지 씨, 정말이지 일이 난처하게 되어버려서……"라며 세이지에게 조언을 구한다. 어찌 된 영문인지 세이지는 늘 니카이도의 뒤치다꺼리를 해야 하는 처지가 되었고, 결과적으로는 자신이 '패배자'라며 경멸하던 사람들을 돕게 되었다.

이렇게 타인을 돕는 경험이 쌓여가면서, 세이지는 조금씩 '패배자'에 대한 생각, 그리고 자신이 살아온 방식에 대한 생각을 바꿔가게 된다.

③ 마침내 두 사람 사이에 끈끈한 유대감이 생겨난다.

한때 게임 센터가 비좁게 느껴질 정도로 사람들이 많았지만, 세이지와 니카이도의 도움으로 하나둘씩 자립해 떠나가기 시작하면서 남아 있는 사람들의 숫자도 점차 줄어간다. 각자 안고 있던 문제를 해결하고 자신이 원래 있어야 할 곳으로 돌아가는 것이다. 그 과정에서 연쇄 방화범의 정체가 서서히 수면 위로 떠오른다. 놀랍게도 범인은 게임 센터에서 시내는

출근 거부증에 걸린 회사원이었다.

세이지와 니카이도는 회사원이 자백하도록 온 힘을 다해 그를 설득한다. 하지만 회사원은 자포자기 상태가 되어 오히려 니카이도를 다치게 하고, 급기야 게임 센터에 불까지 지르고 만다.

크리스마스이브 밤이었다. 화염에 휩싸인 게임 센터에 남겨진 니카이도를 구출하기 위해 세이지는 건물 안으로 뛰어들어간다. 세이지의 등에 업혀 건물을 빠져나오면서 니카이도는 "세이지 씨, 당신은 사실 저 같은 사람보다 훨씬 친절한 사람입니다. 여기 있는 사람 모두를 구한 사람은 늘 세이지 씨였어요"라고 말한다. "바보 같은 소리 하지 마. 너만 아니었으면 나는 계속 그 사람들을 못 본 체했을 거야"라고 세이지는 대답한다.

세이지의 의식은 거기서 끊어졌다. 불타는 기둥이 두 사람 위로 떨어진 것이다.

세이지가 눈을 떴을 때는 병원 침대 위였다. 의사의 말로는 회사원은 체포되었다고 한다. 그리고 예전에 도움을 주었던 노인의 소개로 새로운 거처도 찾았다. 다만 이상하게도 니카이도가 흔적도 없이 사라져버렸다. 현장에 소방차가 도착했을 때, 세이지 혼자 게임 센터 건물 밖에 쓰러져 있었다고 한다.

"화재 현장에서 시신이 발견되지 않았다니까, 아마 녀석은 살아 있겠지요"라고 세이지가 말하자, 노인은 의미심장한 눈빛으로 그를 바라보았다.

"물론 분명히 다시 만나게 되겠지요. 어쨌든 니카이도는……."

그렇게 말하고서 노인은 창 너머로 눈길을 던졌다. 거기에는 크리스마스 분위기로 넘쳐나는 거리가 펼쳐져 있었다.

네, 수고하셨습니다. 마음이 따뜻해지는 크리스마스 이야기로군요. 주인공의 가치관이 알기 쉽게 잘 드러난 플롯입니다. 다만 버디물로서는 부주인공인 니카이도의 캐릭터가 존재감이 약간 부족하다는 인상을 받았습니다.

주인공 세이지의 가치관은 매우 명확하게 드러나는 반면에, 니카이도 쪽은 '마음 착한' 사람이라거나, 갈 곳이 없는 사람들을 자신의 거처로 데리고 온다는 사실 외에는 다른 설명이 없기 때문입니다.

사실 니카이도는 산타클로스의 화신이었다. 작가는 이렇게 결말을 내고 싶었던 것으로 보입니다만…….

"네, 맞아요."

만약 버디물로 만들 생각이라면, 니카이도에게도 나름의 갈등이나 세이지를 향한 반발을 만들어주면 인간관계를 다루는 드라마로서 분위기가 더욱 고조될 것입니다.

이 플롯은 버디물이라기보다 세이지라는 한 남자의 빌둥스로만(성장담)이라고 할 수 있겠네요. 이것은 이것대로 재미있으므로, 기회가 있다면 이 플롯을 뼈대 삼아 살을 붙여나가며 이야기를 만들어보시기 바랍니다.

이제 다른 작품도 한번 살펴보기로 하겠습니다.

작품 예시 8

제목 《해커 언더그라운드》

① 주인공과 부주인공이 우연히 만나 행동을 함께하게 된다.

서기 30××년. 오존층의 소멸로 인해 인류는 유해한 직사광선을 차단하는 방호돔을 벗어나서는 생존이 불가능해지고 말았다.

돔 내부의 사회는 '어퍼'라고 불리는 지배자 계층과 '언더'라고 불리는 노동자 계층으로 이분되어 있었다.

언더의 소년 카이는 방호돔의 천장 패널을 관리하는 일을 하는데, 어느 날 무단으로 돔의 프로그램을 변경해버렸다. 수리하다가 뭔가를 잘못 건드렸는지 천장 패널의 방호 기능을 완전히 무력화시켜버린 것이다.

돔 내에서는 직사광선에 노출되어 사망하는 사람이 속출한다. 사태를 엄중하게 본 어퍼의 상층부는 반역죄로 종신형에 처한 천재 해커 해서웨이를 가석방하고, 카이와 함께 패널을 복구하라고 명령한다. 패널을 완벽하게 복구하면 그 대가로 프로그램을 제어 불능 상태로 만든 카이의 죄를 묻지 않고, 해서웨이의 종신형도 사면해주겠다고 약속한다.

② 두 사람은 대립과 갈등을 반복한다.

함께 일하게 된 사람이 전설적인 천재 해커라는 이야기를 듣고 카이는 긴장한다. 하지만 카이 앞에 나타난 것은 형편없는 주정뱅이 중년 남자였다. 그 모습을 본 카이는 술만 마시면 엄마와 자신에게 주먹을 휘둘렀던 아버지를 떠올렸고, 처음 만난 순간부터 해서웨이를 싫어하게 되었다.

한편 해서웨이는 방호돔을 수리할 마음이 있는지 없는지 가석방된 뒤로는 낮에는 빈둥거리다가 밤이면 술에 취해 잠드는 하루하루를 보내고 있었다.

'이 남자는 도움이 안 돼.'

일찌감치 해서웨이의 도움을 포기한 카이는 혼자 힘으로

패널을 수리하려고 고군분투하지만, 그의 노력은 모두 실패로 끝난다. 어퍼의 상층부에서 정한 기한이 닥쳐온 그때, 해서웨이가 만든 프로그램이 방호돔의 기능을 회복시킨다. 카이는 해서웨이가 싫었지만, 그의 실력만큼은 인정할 수밖에 없었다.

그 직후, 난입한 어퍼의 경비원에게 끌려나온 카이와 해서웨이는 교도소로 보내진다. 카이는 천장 패널을 무력화한 죄목으로, 해서웨이는 원래대로 종신형을 살리기 위해서였다.

"속았어!"

호송차 안에서 분에 차서 소리치는 카이를 향해 해서웨이는 "조금만 기다려 봐"라며 의미심장하게 웃는다. 다음 순간, 천장 패널 여기저기에서 폭발이 일어나며 뻥 뚫린 구멍을 통해 직사광선이 다시 내리쬐기 시작한다.

③ 마침내 두 사람 사이에 끈끈한 유대감이 생겨난다.

직사광선에 노출되면서 픽픽 쓰러져 가는 돔의 주민들. 돔 내부는 대혼란에 빠졌고, 그 틈을 타서 카이와 해서웨이는 호송차에서 탈주한다.

"무슨 짓을 한 거야!"

격분하는 카이에게 해서웨이는 침착한 목소리로 대답한

다.

"주위를 잘 둘러봐."

도로 위에 쓰러져 죽어 있는 사람은 어쩐 일인지 어퍼의 사람들뿐이었다. 오존층의 소멸은 사실 어퍼에서 조작한 가짜 정보였다.

어퍼의 정체는 직사광선에 약한 외계인이었다. 그들은 은밀히 지구에서 자기들의 종족을 늘려가며 자신들의 안위를 보전하기 위해, 또 아무것도 모르는 지구인을 지배하기 위해 방호돔을 쌓아올린 것이다.

카이와 해서웨이는 어퍼의 지배로부터 다른 방호돔에 거주하는 주민들도 해방시키기 위해 방호돔과 돔을 연결하는 인터넷에 컴퓨터 바이러스를 감염시켜 차례차례 돔의 기능을 마비시킨다.

네, 수고하셨습니다. 앞의 작품과는 또 완전히 다른 SF물이로군요. 방호돔에 얽힌 수수께끼를 풀어나가는 추리물의 요소까지 더해져 독자들이 지루해할 틈이 없는 무척 재미있는 플롯이 되었습니다.

다만 앞에서 소개한 [작품 예시 7]과 마찬가지로 버디물의 주요 요소인 부주인공 해서웨이와의 갈등에 관한 설명이 전혀 없는 점이 아쉽습니다. ②의 앞부분을 보면 왠지 술 문제를 두고 앞으로 이 두 사람이 대립하게 될까? 그런 생각이 들었는데요.

"네, 맞아요. 카이는 자신의 아버지를 생각나게 하는 해서웨이가 싫다는 아이디어 금방 떠올랐는데, 해서웨이가 카이를 어떻게 생각하는지에 대해서는 독자에게 보여줄 에피소드가 떠오르지 않아서요……."

그렇군요. 술 문제로 충돌하게 된다면 술이 소도구로 등장하는 에피소드가 하나 정도는 더 필요하겠네요. 그런데 이 플롯을 읽어보면, 이 두 사람은 술 이외에도 가치관이 대립하는 지점이 분명 있는 것으로 보입니다.

"네? 그런가요? 제가 쓴 플롯인데도 전혀 알아채지 못했네요."

예를 들어, ②의 대립과 갈등 단계에서 나오는 에피소드가 그렇습니다. 카이는 혼자 힘으로 어떻게든 방호돔을 수리하려고 애쓰지만, 해서웨이는 빈둥거리며 술만 마시고 있다는 이야기가 있었지요. 그렇다고 해서 해서웨이가 아무것도 하지 않는가 하면, 꼭 그렇지도 않아요. 마지막에 가서 방호돔을 완벽하게 복구해버리지요.

해서웨이는 어째서 그렇게 행동했을까요? 고칠 마음이 있었다면 틀림없이 처음부터 나서서 고쳤을 테지요. 그런데 왜 그렇게 하지 않았나요?

"그건…… 그러니까, 그렇게 연출하는 편이 멋지고, 게다가 천재가 할 법한 괴짜 같은 행동이라고 생각했기 때문인데요……."

그렇군요. 그렇다면 그저 작가의 기호가 반영된 것일 뿐이므로, 이 플롯으로는 해서웨이의 행동을 설명하지 못합니다. 그게 아니라면 혹시 해서웨이를 그런 나르시시즘 성향의 캐릭터로 설정하진 않으셨나요?

"그렇지는 않은데요."

그러면 해서웨이가 왜 그런 식으로 행동하는지, 그 캐릭터 자체에서 이유를 작가가 발견해주지 않으면 안 됩니다. 방금 앞에서도 언급했듯이, 해서웨이의 캐릭터를 나르시스트로 설정해도 좋습니다. '대단한 나'를 과시하기를 아주 좋아해서 늘 그런 상황을 연출하는 해서웨이와 '촌스럽다고 누가 뭐라 하든 상관없다. 노력은 반드시 보답받는다'라고 믿는 카이, 두 사람의 조합으로도 대립은 성립할 수 있습니다. 이렇게 설정할 경우 해서웨이에게 능력이 없다면 카이에게도 승산이 있습니다만, 해서웨이는 천재 해커입니다. 카이의 노력을 비웃기라도 하듯 순식간에 방호돔을 복구해버린다. 그런 해서웨이를 본 카이는 점점 더 그가 싫어진다……. 이런 식으로 드라마를 구성해가면 방호돔의 붕괴와 외계인 등 이야기의 중심축을 이루는 사건에 한층 더 깊이를 더할 수 있을 것입니다.

이야기가 다소 길어졌지만, 지금까지의 설명으로 버디물의 플롯은 어느 정도 이해가 되셨으리라 생각합니다.

다음은 드디어 템플릿 편의 마지막 순서입니다. 엔터테인먼트 작품의 대표적 장르인 성공스토리에 관해서 설명하도록 하겠습니다.

MEMO

TEMPLATE 5
성공스토리

성공스토리란

별 볼 일 없는 주인공이 누군가의 도움을 받아 한 걸음씩
전진한다. 중반부 이후에는 점점 더 실력을 쌓아, 마지막에는
놀라울 정도의 큰 성공을 거둔다. 즉 주인공이 온갖 역경을
딛고 꿈을 이루어간다는 성공스토리의 플롯은 독자들이 안심
하고 읽을 수 있는 해피 엔딩의 정석입니다. 이러한 이야기는

① 소설 《제인 에어》, 샬럿 브론테 지음
② 영화 〈프리티 우먼〉, 게리 마셜 감독, 월트 디즈니 스튜디오
③ 영화 〈행복을 찾아서〉, 가브리엘 무치노 감독, 콜롬비아 픽처스
④ 뮤지컬 영화 〈애니〉, 존 휴스턴 감독, 콜롬비아 픽처스

흔히 '신데렐라 스토리'라고 불리기도 합니다.

그러면 이제 성공스토리의 템플릿을 살펴보도록 하겠습니다.

템플릿 5

❶ 어느 날 주인공이 꿈을 갖게 된다.

❷ 주인공은 그 꿈을 향해 걷기 시작한다.

❸ 주인공은 도움을 받거나 난관을 극복하며 한 걸음씩 앞으로 나아간다.

❹ 처음 가슴에 품었던 꿈보다 더 큰 성공을 거둔다.

성공스토리의 플롯을 따르는 작품으로는 성공스토리 그 자체라고 해도 무방한 《신데렐라》와 《제인 에어》와 같은 고전 명작을 비롯해 제프리 아처의 소설 《카인과 아벨》의 전반부, 영화 〈프리티 우먼〉이나 〈행복을 찾아서〉, 그리고 뮤지컬 〈애니〉 등 열거하자면 끝이 없습니다.

대개의 성공스토리는 주인공이 자신의 소망이나 꿈을 자각

---

* 1979년에 발표된 작품으로, 폴란드의 한 영주와 하녀 사이에서 사생아로 태어난 아벨과 미국 보스턴의 명문가 출신의 카인 두 남자의 치열한 삶을 그린 소설이다. 주로 아벨을 중심으로 이야기가 전개되는 작품의 전반부는 가난한 사냥꾼의 집에서 자라난 아벨이 제1차 세계대전의 발발로 시베리아로 유배되었다가 터키로 탈출, 다시 미국으로 이주하여 밑바닥 생활을 거쳐 호텔 그룹의 백만장자로 성공해가는 과정을 그렸다.

하는 것에서부터 시작됩니다. 왕궁에서 열리는 무도회에 가고 싶다. 심술궂은 계모의 손에서 벗어나고 싶다. 다시 직장에 복귀하고 싶다……. 모두 다 소망이나 꿈이지요.

그러면 이제 바로 실습에 들어가보도록 하겠습니다. 큼직한 종이를 준비해주십시오. 컴퓨터를 사용하는 분은 컴퓨터에 바로 입력하셔도 상관없습니다.

준비가 되었다면 여러분이 이루고 싶은 꿈, 실현하고 싶은 소망을 빠짐없이 적어주시기 바랍니다. 적어도 50개, 가능하다면 100개 정도는 써보시기를 당부합니다.

이 책을 읽고 있는 여러분도 여기서 일단 책을 덮고, 종이나 컴퓨터에 적어주시기 바랍니다. 준비되셨나요? 자, 시작!

실습 9

여러분이 이루고 싶은 꿈, 실현하고 싶은 소망을 100개 적어주십시오.

……다 쓰셨나요?

그러면 이제 여러분이 적어낸 아이디어 리스트를 살펴보기로 하겠습니다.

- 억만장자와 결혼한다.
- 억만장자의 양자가 된다.
- 사업에 성공하여 억만장자가 된다.
- 미국 대통령이 된다.
- 한 나라의 대통령이 된다.
- 왕족과 결혼한다.
- 잘생긴 부자와 결혼한다.
- 호화저택에서 산다.
- 대배우가 된다.
- 연예계 톱스타가 된다.
- 가수가 된다.
- 배우가 된다.
- 영화배우가 되어 아카데미상을 받는다.
- 작가가 되어 나오키상*을 받는다.
- 프로 기사가 되어 명인전**에서 이긴다.
- F1 그랑프리에서 우승한다.
- 하늘을 날 수 있게 된다.
- 투명 인간이 된다.
- 초능력을 가지게 된다.
- 마법사가 된다.
- 육상 경기에서 세계 신기록을 세운다.
- 올림픽에서 금메달을 딴다.

* 대중 문학의 발전을 지원하고 신인 작가를 발굴하기 위해 제정된 일본의 권위 있는 문학상
** 바둑, 장기 등 전통적 테이블 게임의 타이틀전이나 대회의 명칭

- 요코즈나[*]에 오른다.
- 이에모토^{**}가 된다.
- 대기업 사장이 된다.
- 새로운 발명을 한다.
- 새로운 별을 발견한다.
- 새로운 대륙을 발견한다.
- 새로운 기술을 발견한다.
- 100배 수익이 나는 마권에 당첨된다.
- 우주 비행사가 된다.
- 프로 축구 선수가 된다.
- 메이저리거가 된다.
- 골든 리트리버 강아지 100마리와 같이 논다.
- 길이 25미터 풀을 젤리로 가득 채워 헤엄친다.
- 하렘^{***}을 건설한다.
- 라스베이거스 카지노에서 100만 달러를 딴다.
- 라스베이거스 카지노에서 100만 달러를 하룻밤에 다 써버린다.
- 모든 스포츠에 능통한 만능 스포츠인이 된다.
- 다이어트에 성공한다.
- 도편수^{****}가 된다.
- 디자이너가 된다.
- 자신의 가게를 갖는다.
- 60억 원 상당의 복권에 당첨된다.
- 호화 여객선을 타고 세계 일주 여행을 떠난다.

* 스모 선수 가운데 가장 높은 계급, 우리나라의 천하장사 격
** 144쪽 각주 참조
*** 한 남자가 많은 여자들에게 둘러싸이는 상황이나 환경. 이슬람 국가에서 친척을 제외한 남자의 출입이 금지된 장소나 제도를 뜻하는 말에서 유래했다.
**** 우두머리 목수. 각종 공정 과정의 전반을 책임진다.

- 화성에서 산다.
- 달에 가서 달 지평선 위로 지구가 떠오르는 모습을 본다.
- 잠수함을 타고 심해로 간다.
- 지하 왕국으로 간다.
- 타임머신을 완성한다.
- 타임머신을 타고 과거로 간다.
- 타임머신을 타고 미래로 간다.
- UFO를 만든다.
- 로봇 콘테스트에서 우승한다.
- 인간새 콘테스트* 에서 우승한다.
- 혜성과 함께 우주를 난다.
- 자신의 말馬을 키운다.
- 진짜 살아 있는 포켓몬스터를 키운다.
- 환상의 술을 손에 넣는다.
- 쓰치노코** 를 발견한다.
- 신종 식물을 발견한다.
- 신종 나비를 발견한다.
- 학교 최고의 미소녀 또는 미소년과 사귄다.
- 슈퍼 모델이 된다.
- 브로드웨이의 오디션에서 주인공으로 발탁된다.
- (집안이 파산한 뒤) 가족과 다시 함께 살게 된다.
- (파산한 뒤) 다시 평범한 생활로 돌아간다.
- 레오나르도 다 빈치의 제자가 된다.

---

* 모터의 힘을 빌지 않고 바람을 이용해 나는 장치를 만들어 누가 가장 멀리 나는지를 겨루는 시합
** 일본에서만 산다고 알려진 상상의 동물. 몸 가운데가 풍풍하고 뭉툭한 뱀처럼 생겼다고 진해진다.

- 발리섬에서 산다.

- 9세대 컴퓨터를 발명한다.

- 빈 국립오페라극장에서 연주한다.

- 노후에는 남쪽 섬에서 느긋하게 여생을 보낸다.

- 제일 좋아하는 영화배우와 공동 주연을 맡는다.

- 호놀룰루 마라톤에서 완주한다.

- 에베레스트를 등정한다.

- 남극점을 발견한다.

- 미발굴 유적을 발견한다.

- 신종 화석을 발견한다.

- 파라오의 숨겨진 보물을 찾아낸다.

- 북두신권* 전승자가 된다.

- 수학계의 난해한 정리를 증명한다.

- 복싱 세계 챔피언이 된다.

- (두 다리를 잃은 육상 선수가) 다시 한번 달릴 수 있게 된다.

- (노인이) 다시 한번 젊음을 되찾는다.

- 자신에게 심각한 피해를 준 사람에게 복수한다.

- 지난 패배를 설욕하며 라이벌에게 승리를 거둔다.

- 사람이 살지 않는 황야에 철도를 깐다.

- 감기 특효약을 발명한다.

- 암 특효약을 발명한다.

- 양동이에 한가득 담긴 푸딩을 숟가락으로 퍼먹는다.

- 세계유산을 전부 다 감상한다.

- 동서고금의 책을 전부 다 읽는다.

- 솔로몬의 반지를 손에 넣는다.

* 만화 《북두의 권》에 등장하는 중국에서 전해진 비전의 암살권으로, 손가락에 에너지를 모아 상대의 급소에 찔러 넣는 무술

- 해적왕이 된다.
- (가난한 나라의 사람이) 학교에 다니며 공부한다.
- (메이지 시대의 일본인이) 독일로 유학을 간다.
- (난치병에 걸린 아이가) 어른이 될 때까지 산다.
- 곤충 박사가 된다.
- 부도칸 에서 콘서트를 연다.
- 꿈에 그리던 집에서 산다.

* 1964년 도쿄 올림픽 경기장의 하나로 건설된 대형 유도 경기장. 현재 콘서트, 연주회장으로
활용되며 일본 대중 음악계의 꿈의 성지로 불린다.

네, 수고하셨습니다. 정확히 100개씩 적어주셨네요.

그러면 이번에도 계통별로 나누어 정리해보도록 하겠습니다.

○○가 된다

여러분이 적어낸 아이디어 중에 가장 많았던 것이 "우주 비행사가 된다", "프로 축구 선수가 된다" 같은 '○○가 된다' 계통의 꿈이었습니다. 주인공이 되고 싶은 것이 '프로 축구 선수'나 '배우'와 같이 실재하는 직업일 경우, 구체적으로 어떻게 하면 그 직업을 가질 수 있는지, 어떻게 하면 그 업계에서 성공할 수 있는지 그 방법을 치밀하게 취재하는 과정이 반드시 필요합니다. 실제로 해당 업계에서 활약하고 있는 사람들을 취재할 수 있다면야 가장 좋겠지만, 그러기 힘들다면 적어도 그 업계의 일인자로 손꼽히는 사람들의 전기와 취재 기사, 관련 문헌 정도는 반드시 읽어두시기를 권합니다.

주인공이 되고 싶은 것이 '마법사' 같은 가공의 직업일 경우에도 그것이 되기 위해서는 어떠한 소질 혹은 기술이 필요하고, 어떠한 절차를 밟으면 될 수 있는지를 명확하게 설정할 필요가 있습니다. 왜냐하면 성공스토리의 가장 큰 묘미는 한 걸음씩 앞으로 나아가는 과정에 있기 때문입니다. 이것은 어떤 꿈이든 모두 똑같습니다. 꼭 기억해두시기 바랍니다.

발명·발견

"감기 특효약을 발명한다", "신종 나비를 발견한다"와 같은 발명·발견 계통의 꿈도 꽤 많이 답해주셨습니다. 지금까지 아무도 본 적이 없는 것을 만들어내는, 또는 발견하는 과정은 독자들의 가슴을 마구 설레게 만드는 드라마로 가득 차 있습니다. 뢴트겐 발견이나 트로이 유적 발견 등 이미 발명·발견된 것이라 해도 이야기의 무대를 과거의 시대로 옮기면 충분히 역사소설이나 판타지물로 만들 수 있습니다. 앞에서 나온 '○○가 된다'와 같은 계통의 꿈과 마찬가지로 취재와 조사에 적잖이 품이 들겠지만, 그런 만큼 글 쓰는 보람을 느낄 수 있는 분야라고 할 수 있습니다.

우승·기록·영광의 무대

"F1 그랑프리에서 우승한다", "육상 경기에서 세계 신기록을 세운다" 등은 매우 구체적이면서 머릿속에 쉽게 그릴 수 있는 꿈입니다. 또 우승까지는 아니더라도 "부도칸에서 콘서트를 연다", "호놀룰루 마라톤에서 완주한다" 등과 같이 목표하는 영광의 무대가 명확히 정해져 있으면, 주인공이 거기에 도달할 때까지의 과정을 그리거나 해결해야 할 과제를 만들기가 훨씬 수월해집니다. 핵심은 주인공의 대전 상대나 반드시 해결해야 할 과제의 수준을 단계적으로 높여나가는 것입니다. 뒤에 나올 복수담과 마찬가지로 스포츠물의 플롯으로도 활용하기 좋은 조합입니다.

막대한 부

"억만장자와 결혼한다", "라스베이거스 카지노에서 100만 달러를 딴다"……. 막대한 부는 어느 시대에서든 누구에게나 더없이 매혹적인 꿈입니다. 이를 주인공의 꿈으로 설정한 경우, 어떻게 억만장자와 결혼하는지, 어떻게 해서 카지노에서 100만 달러를 땄는지 그 과정은 물론이고 막대한 부를 얻어 주인공이 결국 하고 싶어 하는 게 무엇인지를 명확히 하는 것이 중요합니다. 돈은 무언가를 실현하는 수단에 지나지 않습니다. 설사 돈 자체가 목적이었다고 해도, 주인공에게 그 돈은 분명 어떤 의미가 있을 것입니다. 주인공은 막대한 부를 이용해 어떤 꿈을 이루고 싶은 것일까요? 여러분 각자가 나름대로 생각해서 잘 정리해두시기 바랍니다.

결핍의 회복

"가족과 함께 살게 된다", "독일로 유학을 간다" 등은 비교적 간단하게 이룰 수 있는 꿈으로 보이지만, 주인공의 환경이 한 번 변하고 나면 다시는 이루기 어려운 꿈으로 바뀌게 됩니다. 이런 종류의 목표를 주인공의 꿈으로 설정하는 경우에는, 거기에 이르기까지의 과정을 명확하게 해야 할 뿐만 아니라 주인공의 초기 상황, 곧 그 환경에서는 무엇이 부족한지, 왜 부족한지, 어째서 그것을 충족하기 어려운지를 구체적으로 그려서 독자에게 전달하는 것이 중요합니다. 처음에 주어진 상황이 비참하면 비참할수록 클라이맥스에서 주인공이 이루게 되는 꿈은 빛이 납니다. 여러분, 부디 상상력을 총동원해서 최대한 가혹한 초기 상황을 만들어내시기 바랍니다.

복수담 · 설욕

"지난 패배를 설욕하며 라이벌에게 승리를 거둔다", "자신에게 심각한 피해를 준 사람에게 복수한다" 같은 복수담은 성공스토리가 변주된 유형 중 하나입니다. 알렉산더 뒤마의 명작 《몽테크리스토 백작》을 비롯하여, 에도가와 란포상 수상 작가인 아카이 미히로의 《달과 사기꾼》, "당한 만큼 갚아

---

* 가족을 죽음으로 몰아넣은 재벌 총수에게 복수하기 위해 뭉친 사기꾼들의 활약을 그린 컨피던스 게임 소설

준다!"라는 극 중 주인공의 대사가 유행어가 되기도 했던 TV 드라마 〈한자와 나오키〉(국내에 이케이도 준의 동명의 원작 소설이 번역·출간되어 큰 인기를 모았다), 영화 〈에디 머피의 대역전〉 등 고금의 매력 넘치는 작품은 일일이 셀 수조차 없이 많습니다. "지난 패배를 설욕하며 라이벌(적)에게 승리를 거둔다"라는 플롯은 스포츠물이나 컨피던스 게임$^{confidence\ game}$ 소설에도 활용하기 좋으므로 충분히 습득해서 꼭 사용해보시기 바랍니다.

소박한 꿈 · 소재와 관련된 꿈

"양동이에 한가득 담긴 푸딩을 숟가락으로 퍼먹는다", "길이 25미터 풀을 젤리로 가득 채워 헤엄친다"……. 이런 종류의 꿈은 발상은 재미있지만, 이것 하나만으로 성공스토리를 쓰기에는 약간 무리가 있습니다. 왜냐하면 그 꿈을 실현하는 과정에 주인공이 한 걸음씩 앞으로 나아가는 모습을 담아내기 어렵기 때문입니다. 계속 반복해서 말하지만, 성공스토리는 주인공이 한 걸음씩 전진하는 과정을 즐기는 이야기입니다. '양동이에 한가득 담긴 푸딩'을 주인공의 목표로 한다면,

---

* 사기꾼이 상대에게 신뢰를 얻은 뒤 돈을 갈취하는 이야기로, 게임처럼 서로 속고 속이며 반전에 반전을 거듭하는 통쾌한 사기극을 말한다. 영화 〈오션스 일레븐〉, 〈스팅〉 등이 여기에 속한다.

이를테면 푸딩 자체가 매우 귀한 나라 혹은 시대를 배경으로 설정한 다음 가난한 주인공이 무슨 일이 있어도 푸딩을 먹어보고 싶어 한다 → 목표를 이루고자 노력해서 한 걸음씩 전진한다는 식으로 앞에서 나온 결핍의 회복 플롯을 함께 사용하면 이야기를 만들기가 좀더 수월해질지도 모릅니다.

지금까지 여러분이 적어낸 아이디어를 바탕으로 성공스토리의 플롯으로 활용하기 좋은 꿈을 계통별로 정리해보았습니다.

물론 이것 외에도 주인공의 꿈이나 소망과 관련된 소재는 수없이 많을 것입니다. 부디 멋진 꿈과 소망을 만들어내시기 바랍니다.

① 소설 《달과 사기꾼》, 아카이 미히로 지음, 고단샤
② TV 드라마 〈한자와 나오키〉, TBS
③ 영화 〈에디 머피의 대역전〉, 존 랜디스 감독, 파라마운트 픽처스

성공스토리 플롯 만들기

그러면 이러한 꿈을 참고로 해서 실제로 성공스토리의 플롯을 써보기로 하겠습니다. 성공스토리의 템플릿은 다음과 같습니다.

① 어느 날 주인공이 꿈을 갖게 된다.
② 주인공은 그 꿈을 향해 걷기 시작한다.
③ 주인공은 도움을 받거나 난관을 극복하며 한 걸음씩 앞으로 나아간다.
④ 처음 가슴에 품었던 꿈보다 더 큰 성공을 거둔다.

①부터 순서대로 살펴봅시다.

주인공은 어느 날, 자신이 이루고 싶은 꿈을 갖게 됩니다. 이야기가 시작되는 시점부터 '고고학자가 되고 싶어 하는 주인공'이나 '억만장자와 결혼하고 싶어 하는 주인공'이 등장해도 크게 상관은 없습니다. 다만 그럴 경우 주인공이 그 꿈을 갖게 된 사정을 독자들에게 전할 수가 없습니다.

어릴 적 세상에서 제일 좋아하는 아빠(직업은 고고학자)를 따라 이집트의 유적을 보러 갔다. 당시 아빠는 그때까지 아무도 발굴에 성공하지 못했던 젊은 파라오의 무덤에 관한 이야기를 들려주었다(에피소드). 조금 더 크면 꼭 함께 찾아보자고 약속했지만, 아빠는 젊은 나이에 세상을 떠나고 말았다…….

이야기의 앞부분에서 고고학자를 목표로 열심히 공부하는 주인공을 갑자기 등장시키기보다 이런 식으로 에피소드를 차근차근 쌓아가는 편이 독자들이 주인공에게 감정이입하기 좋습니다.

물론 이러한 과거의 에피소드는 주인공의 회상 장면에 넣을 수도 있습니다. 다만, 글쓰기 초보 단계에서는 가능한 한 시간순으로 쓰는 습관을 들여주시기 바랍니다. 그러는 편이 독자들이 알기 쉽고 읽기 편한 플롯이 되기 때문입니다.

②의 부분에서는 주인공이 드디어 꿈을 향해 걷기 시작합니다. 이 부분을 쓸 때 도움이 되는 작은 팁을 소개하겠습니다. 바로 최초의 기회는 조력자*가 제공하게 하는 것입니다. 앞에서 예로 든 고고학자 이야기라면, 주인공이 다니는 대학의 교수가 "이번에 이집트에 발굴하러 가려는데, 자네, 같이 갈 마음이 있나?"라고 권하는 식으로 만들면 플롯의 초반 부분을 속도감 있게 전개해나갈 수 있을 것입니다.

---

* 주인공을 직접적으로 돕거나 유익한 정보를 제공하면서 주인공을 서포트하는 캐릭터. 더 자세하게 알고 싶은 분은 《스토리텔링 7단계》 Lesson 6을 참조하시기 바랍니다.—저자주

이 패턴으로 이야기를 만들 경우, 많은 사람 가운데 왜 하필 주인공이 선택되었는지 그 이유를 드러냄으로써 주인공의 강점이나 캐릭터를 독자에게 손쉽게 전달할 수 있다는 이점이 있습니다.

다시 고고학자 이야기를 가져와 보겠습니다. 교수가 담당하는 학생은 주인공 이외에도 많지만, 고대 이집트의 그림문자인 히에로글리프를 해독할 수 있는 사람은 주인공밖에 없다거나, 또는 교수는 주인공의 돌아가신 아버지의 친구로 어릴 적부터 주인공을 귀여워했다는 식으로 끌고가는 것도 좋습니다.

이 패턴에는 이점이 또 하나 있습니다. 조력자가 주인공에게 설명하는 형태로 목표에 도달하기까지의 길을 자연스러우면서도 알기 쉽게 독자들에게 전달할 수 있다는 점입니다. 《반지의 제왕》의 초반에서도 간달프가 프로도에게 애초에 절대 반지란 무엇이며 그 절대 반지를 어떻게 해야 하는지를 친절하게 설명해주지요. 고고학자 이야기도 마찬가지입니다. 교수가 제자인 주인공에게 현지에 가서 어떻게 발굴을 진행하는지, 어떤 어려움이 예상되는지를 체계적으로 가르쳐줍니다. 이런 형태로 목표에 도달하는 과정을 독자들에게 설명할 수 있는 것입니다.

목표에 도달하기까지 어떤 순서를 밟아야 하는지 명확해졌다면, 이제 드디어 ③의 한 걸음씩 앞으로 나아가는 단계로 들어갑니다. 성공스토리에서는 이 부분이 이야기의 대부분을 차지하게 됩니다.

소설·영화 《반지의 제왕》, J. R. R. 톨킨 지음/피터 잭슨 감독, 뉴라인 시네마

재난물 파트에서 다루었던 이변의 심화(56쪽)에 대해 기억하고 계시나요?

재난물의 경우에는 위기 상황이 점차 심화되어 가는 패턴이었습니다. 성공스토리에서는 이 부분에서 주인공의 능력을 한 단계씩 높여나갑니다. 대형 매장의 인턴으로 시작해 수석 점원, 지배인 순으로 단계를 밟아 직위가 높아지면 그에 따라 할 수 있는 일도 늘어난다거나, 연습 시합에서 지역 예선, 시도 대회 순으로 승리를 거듭하여 마지막에는 결승전에 출전한다는 식의 패턴입니다. 앞에서 나온 고고학자 이야기를 이 패턴에 적용해보면, 처음에는 교수의 어시스턴트에 불과했지만, 현지에서 두각을 드러내고, 마침내 발굴 현장 전체를 감독하는 역할을 맡게 된다는 식의 흐름이 될 것입니다.

단계적으로 끌어올려야 할 것은 주인공의 능력뿐만이 아닙니다. 능력이 향상됨에 따라 해결해야 할 과제의 수준 역시 단계적으로 높여나가야 합니다. 어시스턴트로서 하는 일은 고작해야 호텔 내에서 벌어진 문제를 해결하는 정도였지만, 현장 감독으로 지위가 올라가면 현지 사람들과 의견을 교환하고, 급기야 정부 관료와 협상을 해야 하는 등 점차 어려운 일을 맡게 됩니다. 그 어려운 과제를 해결할 때마다 주인공은 경험이 쌓여 또다시 능력이 한 단계 올라간다는 식의 흐름을 차곡차곡 쌓아가는 것입니다.

④에서 주인공은 마침내 자신을 꿈을 이룹니다. 대부분의 성공스토리에서는 이때 ①의 부분에서 마음속에 그렸던 이상적인 행복을 손에 넣게 됩니다. 옛날이야기는 이런 식으로 마무리되는 경우가 많지요. 예를 들어 신데렐라는 처음에는 단지 왕궁의 무도회에 가고 싶었을 뿐이었지만 최종적으로는 왕자님과 결혼합니다. 뮤지컬 〈애니〉도 마찬가지입니다. 언젠가는 친부모님이 찾으러 올 거라는 희망을 버리지 않았던 애니는 우여곡절 끝에 억만장자의 딸로 입양됩니다.

어떠셨나요? 대략적인 흐름은 파악이 되셨나요?

그러면 이제 이 템플릿을 이용해서 성공스토리의 플롯을

써보기로 하겠습니다.

  ◆ 작품의 제목
  ◆ 주인공의 꿈은 무엇인가?
  ◆ 주인공이 꿈을 향해 걷기 시작하는 계기가 된 사건은 무엇인가?
  ◆ 주인공은 꿈을 이루기 위해 어떠한 어려움을 극복하고 어떻게 한 걸음씩 전진해나가는가?
  ◆ 주인공이 최종적으로 손에 넣으려는 것은 무엇인가?

이상 다섯 가지 사항을 생각하면서 플롯을 써주시기 바랍니다.

이 책을 읽고 있는 여러분도 여기서 일단 책을 덮고 실습에 들어가주시기 바랍니다.

준비되셨나요? 자, 그럼 시작!

실습 10

181쪽의 템플릿을 이용해서 성공스토리의 플롯을 써주십시오.

…… 어떠셨나요? 다 쓰셨나요?

그러면 여러분의 작품 중에서 한 편을 골라 살펴보기로 하겠습니다.

작품 예시 9

제목 《레이디 파쿠르》

① 어느 날 주인공이 꿈을 갖게 된다.

이즈미는 클라이언트에게 별 인기 없는 행사 도우미다. 얼굴은 그럭저럭 봐줄 만하지만, 여자치고는 뼈대가 굵고 근육질인 체형이 고민거리다. 일을 가려가며 할 만큼 일거리가 충분히 들어오는 편도 아니어서, 그날도 아르바이트 삼아 수상쩍은 텔레비전 심야 프로그램의 촬영 현장에 와 있었다. 프로그램 내용은 노출이 심한 수영복을 입은 채 고무보트를 타고 워터 슬라이드를 오르내리는 것이다. 그런데 뭔가 착오가 있었는지 보트 수가 부족했다. 이즈미에게 순서가 돌아왔을 때 남아 있는 보트가 없었고, 방송국 조연출은 마침 거기에 있던 에어쿠션을 타고 내려가라고 지시한다. 이즈미는 하는 수 없이 조연출의 말을 따르는데, 애초에 사용 용도가 다른 쿠션이다 보니 급커브에서 그만 터지고 만다. 이즈미는 수영복 하나 달랑 걸친 상태로 슬라이드 밖으로 내동댕이쳐진다.

하마터면 큰 사고로 이어질 뻔했지만, 이즈미는 순간적으로 낙법을 써서 큰 부상을 면했다. 어린 시절 할아버지로부터 단단히 배운 합기도 덕분이다.

촬영이 끝난 후, 조연출은 자신의 실수를 이즈미의 탓으로 돌리며 호통을 치기 시작하자 옆에서 지켜보던 한 백인 남성이 끼어들어 소란을 가라앉힌다. 금발벽안金髮碧眼. 유창한 일본어를 구사하는 그 남자는 앙드레라고 자신의 이름을 밝히며 "파쿠르 해보지 않겠어요?"라고 이즈미에게 제안한다.

② 주인공은 그 꿈을 향해 걷기 시작한다.

'파쿠르.' 일명 '프리러닝'은 주변 지형을 이용해 달리거나 뛰어넘거나 기어오르거나 하며 목적지에 도달하는 고난도 스포츠다. 이즈미는 설명을 들어도 파쿠르가 어떤 운동인지 전혀 짐작도 가지 않아 고개를 갸웃거린다.

"오늘 밤 9시, 하마마쓰초 이곳으로 오세요"

앙드레는 이렇게 말하며 스마트폰 화면에 표시된 지도를 보여준다.

반신반의하며 그곳으로 찾아간 이즈미는 담장과 자동차를 가볍게 뛰어넘고, 빌딩 벽을 기어오르고, 화려한 점프와 공중제비를 선보이며 밤거리를 내달리는 젊은이들의 모습을 보게 된다.

"나도 저렇게 달리고 싶어!"

눈 앞에 펼쳐진 광경에 전율한 이즈미는 파쿠르를 시작하겠다고 결심한다.

③ 주인공은 도움을 받거나 난관을 극복하며 한 걸음씩 앞으로 나아간다.

화려한 퍼포먼스와 달리 파쿠르 훈련은 한없이 지루하기만 하다. 기초 체력을 기르기 위한 러닝부터 근력을 키우기 위한 윗몸 일으키기, 팔 굽혀 펴기, 스쿼트까지 앙드레의 트레이닝 매뉴얼을 매일 소화해내지 않으면 안 된다.

강도 높은 훈련을 견디다 못해 포기하려는데 때마침 일전에 출연한 광고에서 이즈미의 날렵한 몸놀림을 눈여겨본 디렉터로부터 드라마 단역 제의를 받는다.

거기서부터 이즈미는 여배우로서의 인생이 시작된다. 단역에서 조연으로, 조연에서 TV 드라마의 고정 출연으로, 마침내 액션파 여배우로 영화의 주연을 맡게 된다.

④ 처음 가슴에 품었던 꿈보다 더 큰 성공을 거둔다.

5년 후, 이즈미는 할리우드에 있다. 브래드 피트와 함께 출연한 영화는 아카데미상에 노미네이트되어 오늘 밤 결과가 발표될 예정이다.

하지만 이즈미는 자신이 무언가 중요한 것을 잊어버리고 있는 듯한 기분이 든다. 발표를 몇 시간 앞두고서 훌쩍 호텔을 나선 이즈미의 앞을 젊은이 몇 명이 휙 앞질러 뛰어간다. 가벼운 발놀림으로 담장을 뛰어넘고, 주차 중인 자동차 사이를 넘나들며, 때로는 공중제비를 하거나 이쪽 지붕에서 저쪽 지붕으로 날아오른다…….

그들은 할리우드의 파쿠르다. 그렇다. 이즈미는 애초에 이런 아찔하고도 화려한 퍼포먼스를 펼치고 싶어서 파쿠르를 시작했다.

이즈미는 호텔 객실로 돌아간다. 놀란 매니저의 앞에서 드레스와 하이힐을 벗어던지고, 티셔츠와 몸에 꼭 맞는 레깅스로 갈아입는다. 그 모습이 날렵하고 고고한 흑표범을 떠올리게 한다. 이즈미는 그대로 할리우드의 밤거리로 뛰어나간다.

네, 수고하셨습니다. '파쿠르'라는 이색적인 스포츠를 소재로 한 스포츠물이군요. 주인공이 꿈을 찾고, 그 꿈을 이루기 위해서 움직이기 시작하는 전반부는 높이 평가할 만한 수준입니다.

다만 ③의 부분에서 플롯이 약간 딴 길로 빠지는 듯한 느낌이 듭니다. 처음에 제시되었던 이즈미의 꿈은 '파쿠르를 연습해서 멋지게 도로를 달려보고 싶다'였는데, ③에서 그려진 것은 배우로서 성공해가는 이즈미의 모습이었습니다. 따라서 ④의 부분에서 억지로 원래의 목표, 곧 파쿠르로 이야기를 돌려놓지 않으면 안 되었습니다.

결과적으로는 성공스토리라기보다는 여자 주인공의 자아 찾기 이야기가 되었다는 느낌입니다. 또한 초반에서 등장시킨 조력자 앙드레도 그 후 어떻게 되었는지 알 수가 없어서 독자들에게 다소 불친절한 느낌입니다. 소재 자체는 재미있습니다. 그러므로 여배우로서 여자 주인공의 성공과 파쿠르의 기술을 조금 더 연관성을 높이려면 어떻게 해야 좋을지 생각해보시기 바랍니다.

그럼 이제 다른 분의 작품도 한번 살펴보기로 하겠습니다.

작품 예시 10

제목 《슬픈 얼굴》

① 어느 날 주인공이 꿈을 갖게 된다.

시즈오는 형을 싫어했다. 아니, 오히려 증오한다는 표현이

더 정확한 정도였다.

시즈오와 형 유키오는 나이가 같았다. 두 사람은 이란성 쌍둥이다. 이란성이어서 형제는 그다지, 아니 거의 닮지 않았다. 얼굴도, 성격도, 재능도.

유키오는 모델로 스카우트될 정도로 잘생겼지만, 시즈오는 친엄마조차 고개를 돌릴 정도로 못생겼다. 유키오는 무엇을 하든 평균 이상으로 해내지만, 시즈오는 성적도 스포츠도 늘 반에서 꼴찌 근처를 맴돌았다.

"딱 한 번이라도 좋으니까, 내가 느끼는 이 감정을 유키오 녀석에게 똑같이 맛보게 해주고 싶어."

언제부터인가 그것이 시즈오의 꿈이 되었다.

② 주인공은 그 꿈을 향해 걷기 시작한다.

그러던 어느 날, 두 사람이 수학여행을 떠나기 위해 탑승했던 비행기가 추락한다. 대부분의 학생이 중경상을 입었고, 시즈오와 유키오 역시 얼굴에 큰 화상을 입고 의식을 잃었다.

큰아버지의 병원에서 눈을 뜬 시즈오는 병원장인 큰아버지는 물론 걱정하면서 달려온 엄마까지, 자신을 향해 '유키오'라고 불러서 당황하지만, 금세 자신과 형을 혼동하고 있다는 것을 알아챈다. 잠들어 있는 사이 얼굴 복원 수술이 진

행되었고, 붕대를 푼 뒤 시즈오의 얼굴은 형 유키오의 얼굴이
되어 있었다.

③ 주인공은 도움을 받거나 난관을 극복하며 한 걸음씩 앞으
로 나아간다.

　그날부터 시즈오의 유키오로서의 생활이 시작되었다. 유
키오의 얼굴로 바뀌었다고 해서, 머리나 운동 능력까지 바뀔
리는 없다. 퇴원한 날부터 시즈오는 필사적으로 공부하고 한
밤중에는 열심히 근력 운동을 하며 '유키오'가 되는 트레이
닝에 몰두했다.

　한편 형 유키오는 사고 당일 이후, 혼수 상태로 깨어나지
못하고 아직도 병원에 입원해 있다. 물론 '시즈오'라는 이름
으로. '유키오'를 맹목적으로 사랑하는 엄마는 시즈오라는
존재는 아예 잊어버린 듯 병문안조차 가려 하지 않는다.

　노력한 보람이 있어 시즈오의 성적은 조금씩 올라가게 되
었고, 마침내 유키오와 같은 수준에 도달했다. 운동 역시 형
이 활동했던 육상부에서 순조롭게 기록을 단축하며 실력을
쌓아간다.

여기까지 오자 시즈오의 마음속에서 어떤 욕망이 싹텄다. 지금도 병원에 누워 있는 형 유키오에게 자신의 모습을 보여주고 싶다. 동시에 시즈오의 얼굴을 하고 있는 형이 자신의 얼굴을 보고 어떻게 반응할지 보고 싶다…….

시즈오는 오랜만에 형이 입원해 있는 큰아버지의 병원을 찾아간다. 형의 병실 위치를 묻자 병원장인 큰아버지가 직접 안내해주었다. 침대에는 아직 얼굴에 붕대를 칭칭 감고 있는 형이 누워 있었다.

"저 녀석, 아직도 얼굴 상처가 안 나았어요?"

그렇게 묻는 시즈오에게 큰아버지는 "붕대를 풀어보렴"이라고 대답한다.

이상하게 생각하면서 시즈오가 붕대를 풀자, 그 속에서 나온 것은 마네킹이었다. 놀라는 시즈오를 향해 큰아버지는 조용한 어조로 말을 이었다.

"유키오, 넌 원래부터 외동이었어. 쌍둥이 형 같은 건 애초에 없었단 말이다."

모든 것은 시즈오, 아니 유키오의 엄마 미야의 망상이었다. 미야는 자신과 아들을 버리고 집을 나간 남편을 원망하다 못해 커가면서 점점 남편을 닮아 가는 유키오를 향해 사랑과 증오의 마음을 동시에 품고 있었던 것이다. 이 때문에 아들은 두 사람의 역할을 연기하게 되었다. 아들을 향한 사랑은 '유키오'가, 남편을 향한 증오는 '시즈오'가 떠맡게 된 것이다.

"'시즈오'가 여기에 계속 잠들어 있는 한 미야는 '유키오'인 너를 계속해서 사랑할 거다. 그러니 안심하고 돌아가거라."

유키오는 혼자 병실을 나섰다. 계속 잠들어 있을 '시즈오'에게 마음속으로 작별을 고하면서.

네, 수고하셨습니다. 복수담 형태의 성공스토리에 도전한 플롯이군요. 이 작품도 전반부에 주인공이 꿈을 발견하고, 목표를 향해 한 걸음씩 앞으로 나아가는 대목이 이해하기 좋게 쓰였습니다. 다만 ③의 시즈오의 능력이나 과제의 수준을 점차 높여나가는 부분은 약간 스케일이 작은 느낌입니다. 형인 '유키오'가 잠들어 있는 상태이므로 지금으로서는 더 쓸거리를 찾기도 어려웠을지도 모르겠네요.

이 플롯에는 클라이맥스에서 형제를 둘러싼 수수께끼가 밝혀지는 장면이 반전 효과를 일으키는 장치로 활용되었습니다. 따라서 '처음 가슴에 품었던 꿈보다 더 큰 성공'이 아니라 '처음에는 꿈에도 생각지 못했던 결과'를 맞이하게 됩니다만,

이것은 이것대로 재미있으므로 나쁘지 않다고 생각합니다.

이것으로 기본적인 템플릿 소개는 마칩니다. 지금까지 잘 따라와주신 여러분, 수고 많으셨습니다.

마지막으로 다음 장에서는《스토리텔링 7단계》에서도 설명한 미스터리와 서스펜스 등의 기법을 사용해서 이야기를 재미있게 만드는 요령을 배워보도록 하겠습니다.

SECRET
플롯 연출하기

이해와 감동, 설명과 연출

여러분이 만든 이야기를 독자가 '재미있다'고 느끼려면 최소한 충족해야 할 조건이 두 가지 있습니다. 그것은 다음과 같습니다.

* 작품 안에서 무슨 일이 일어나고 있는지 독자가 제대로 이해하게 할 것.
* 작품 안에서 일어난 사건을 통해 독자를 감동시킬 것.

작품 안에서 어떤 사건이 일어나고 있는지를 독자가 쉽게 납득하고 이해할 수 있게 하기 위해서는 '언제 · 어디서 · 누가 · 무엇을 · 어떻게 했는가'가 명확하게 설명되어야 합니다. 이는 지금까지 총 다섯 장에 걸친 플롯 만들기 실습을 통해 여러분이 직접 작품 속의 여러 사건을 설명해보는 과정을 거쳤으므로 어느 정도 연습이 되었으리라 생각합니다. 그런데 그런 사건을 통해 독자들을 감동시키기 위해서는 마음을 흔드는 연출이 반드시 필요합니다.

이번 장에서는 플롯을 더욱 재미있고 흥미진진하게 읽도록 유도하는 연출 기법을 배워보기로 하겠습니다.

'감동'은 특별한 것이 아니다

"독자를 감동시켜 주십시오."

이렇게 말하면 너무 어려운 요구를 한다고 생각하는 분도 꽤 많지 않을까 싶습니다.

그런데 여러분, '감동'이라고 하면 "그 장면에서 펑펑 울었다!"라든가 "눈물이 멈추지 않았다"라든가 하는 무언가 매우 큰 감정의 기복이 연상되시나요?

하지만 다릅니다. 안심해주세요.

여기서 말하는 '감동'이란 훨씬 규모가 작은, 여러분이 매일같이 경험하는 기분의 변화에 지나지 않습니다.

예를 들어서 설명해보겠습니다.

　여자 친구와 데이트 약속이 있는 날, 갑자기 상사에게 야근 지시를 받는다. 최대한 서둘러 일을 끝내고 약속 장소로 뛰어갔을 때는 약속한 시간보다 이미 한 시간 지난 뒤였다.

　그런데도 그때까지 묵묵히 기다려 준 여자 친구는 "수고했어"라며 위로해주었다.

　……이와 같은 일련의 사건이 여러분에게 일어났다고 가정해봅시다.

　모처럼 데이트를 하기로 한 날 상사가 갑자기 야근을 시켰다면, 여러분은 아마도 반사적으로 '뭐라고!?' 또는 '말도 안 돼' 하는 마음이 들었을 것입니다. 이 감정은 분노나 불만, 혹은 낙담입니다. 여자 친구를 얼른 만나고 싶은 마음에 열심히 일했지만, 약속시간에 한 시간이나 늦고 말았다. 이 시점에서 여러분이 느낀 기분은 조바심이나 불안입니다. 하지만 여자 친구는 묵묵히 기다려 주었고, 여러분을 따뜻하게 위로해주었다. 아마도 여러분은 안심했을 테고, 평소보다 훨씬 더 여자 친구가 사랑스럽게 느껴졌을지도 모릅니다.

　어떤가요? 고작 세 줄에 불과한 에피소드라도 주인공인 여러분의 감정은 분노에서 조바심으로, 조바심에서 안심으로 바뀌고 있는 것을 아시겠습니까?

이야기를 만들 때, 작가 입장인 우리는 등장인물들의 감정 상태에 늘 변화를 주지 않으면 안 됩니다. 극단적으로 말해서 어느 한 장면이 시작해서 끝날 때까지 등장인물의 기분이나 생각에 전혀 변화가 일어나지 않는다면, 그 장면을 쓰는 의미가 전혀 없는 셈입니다.

그렇다면 작품 속 인물의 기분을 변하게 만들려면 어떻게 써야 할까요?

문제를 일으킨다

작품 속에서는 늘 트러블(=문제)이 일어나야 한다. 이것은 기본 중의 기본입니다.

대개의 엔터테인먼트 작품에는 다음과 같은 시퀀스sequence 가 계속해서 이어집니다.

문제 발생

↓

주인공(들)이 문제를 해결하기 위해 온갖 고초를 겪는 과정

↓

문제 해결(또는 문제 해결 실패)

여기서 말하는 '문제'는 여자 친구의 마음을 사로잡는다거나 살인 바이러스를 박멸한다거나 하는 플롯의 중심이 되는 심각한 문제는 물론이고, 그 사이사이에 발생하는 일상적인 문제도 포함됩니다. 핵심이 되는 가장 심각한 문제를 한 가지 떠올렸다고 해서 쉽게 안심해서는 안 됩니다. 주된 문제를 해결하는 동안에도 이따금 가벼운 문제 상황이 등장해야 독자가 흥미를 잃지 않고 따라오게 만들 수 있습니다.

작품 속에서 트러블을 일으킬 때는 동시에 그에 대응하는 등장인물의 리액션(=반응)도 생각해야 합니다.

앞에서 나온 에피소드 예시에서는 여자 친구와의 데이트 약속이 있는 날 상사로부터 야근 지시를 받습니다. 여기서 핵심은 전반부의 '여자 친구와 데이트 약속이 있는 날에'라는 부분입니다.

대부분의 사람이 야근을 귀찮고 피곤하게 생각합니다. 하지만 그것만으로는 단지 '귀찮아 죽겠네'라거나 '정말 짜증나' 등의 반응만 일어날 뿐이겠지요. 거기에 '여자 친구와의 데이트 약속'이라는 요소를 넣어주면 이야기의 긴장감이 높아집니다.

왜 그럴까요? 혹시 아는 사람?

"음, 그러니까 데이트하러 가고 싶은데 갈 수가 없으니까요."

"야근할 수 없다고 말하면 상사의 눈 밖에 나거나 뭔가 자기한테 불리한 일이 일어날지도 모르니까요."

"약속 시간에 늦으면 둘 사이가 서먹서먹해지거나 여자 친구에게 미움받을지도 몰라서가 아닐까요?"

네, 그렇지요. 상사의 지시를 거스르면 상사에게 눈총을 받고, 약속 시간에 늦으면 여자 친구에게 미움받는다. 어느 쪽이든 곤란한 상황이 되기 때문에, 등장인물이 갈등한다.

그렇습니다. 이 갈등에 독자들은 감정이입을 하는 것입니다.

서로 대립하는 욕구를 만들어낸다

갈등의 배후에는 반드시 서로 대립하는 소망이나 욕구가 있습니다.

앞에서 예로 든 야근과 데이트의 경우를 한번 생각해보겠습니다. 욕구의 한 가지는 '여자 친구에게 미움받고 싶지 않다'이고, 또 한 가지는 '상사의 눈 밖에 나고 싶지 않다'였지요? 어느 쪽의 욕구든 중요하기 때문에 한쪽을 선택하지 못하고 고민한다. 다시 말해서 감정의 '시소게임'이 일어나는 것입니다.

그런데 가령 여자 친구와 이미 이별 단계에 접어든 상태여서 그저 습관처럼 데이트하는 것이라면 현재 상황이 크게 갈등이 되지는 않을 것입니다. 또한 지금 근무하는 직장에 진절머리가 나서 이미 이직할 회사까지 정해놓은 상태라면 야근을 거부하고 데이트를 선택하는 데 그다지 망설일 이유는 없을 것입니다.

다만, 여자 친구와 헤어지기 직전인 상태라도 다음과 같은 경우에는 이야기가 조금 달라집니다.

여자 친구를 사랑하는데 이런저런 오해로 사이가 틀어지고 말았다. 여자 친구는 아무래도 이미 헤어지는 쪽으로 마음을 굳힌 듯하다. 붙잡고 싶은 마음에 시큰둥해하는 여자 친구를 설득해서 어렵사리 데이트 약속을 잡았다. 그런데 하필이면 그날 밤, 상사가 야근을 하라고 한다…….

이렇게 되면 '여자 친구에게 미움받고 싶지 않다'라는 욕구는 이런 배경이 더해지기 전보다 더 강해집니다. 하지만 여기까지 생각이 미친 경우라면 상사의 지시를 거부해서라도 데이트를 강행할지도 모릅니다.

그러면 이번에는 상사 쪽의 사정도 조금 바꿔볼까요? 여러분이 부하라고 치고 같이 생각해봅시다.

여러분은 자신의 상사를 마음속 깊이 존경하고 있습니다. 상사 역시 여러분을 특별히 총애해서 믿고 업무를 맡깁니다. 그런 상사가 "미안하네. 급하게 일손이 필요해져서 말이야"라며 여러분에게 야근을 부탁합니다. 지금까지의 경험으로 볼 때, "네"라고 대답하면 야근이 한없이 길어질 것이 뻔합니다.

어떤가요? 이런 배경이 더해지자 처음에 나왔던 예보다 야근을 거부하기가 상당히 어려워지지 않았나요? 하지만 이것만이라면 주인공의 성격에 따라서는 아직 여자 친구와의 데이트를 선택할지도 모릅니다.

여자 친구와의 데이트는 무슨 일이 있어도 오늘 밤에 꼭 해야만 한다. 이것은 일종의 타임 리미트time limit(시한)입니다. 그러면 상사에게도 타임 리미트를 적용해보겠습니다. 주인공이 야근을 하지 않으면 납기를 도저히 맞출 수가 없다. 정확한 납기 일정에 그동안 상사와 함께 필사적으로 매달려온 프로젝트의 성패가 달려 있다. 자, 이것으로 두 가지 욕구의 무게는 거의 같아졌습니다. 주인공을 실컷 고민하게 만들고, 주인공에게 감정이입한 독자들을 조바심 나게 만들어서 독자들의 호기심을 끌어당겨 보시기 바랍니다.

이처럼 이야기를 부풀려가면, 두 가지 욕구를 대립시켜서 한층 더 깊은 갈등을 만들어내는 것이 가능해집니다.

보편적 감정과 속마음

이야기를 부풀려간다는 것은, 바꿔 말하자면 주인공을 비롯한 등장인물의 감정의 변동 폭을 커지게 만든다는 뜻입니다. 주인공들의 감정의 변동 폭이 커질수록 그들에게 감정이입하며 이야기를 충실히 뒤쫓던 독자들의 감정도 크게 요동치기 시작합니다.

그러면 어떻게 해야 독자가 등장인물에게 감정이입하게 될까요?

물론 어려운 문제이긴 합니다. 아무리 훌륭한 작가라도 모든 독자가 백 퍼센트 공감하며 감정이입할 수 있는 등장인물을 만들어내기는 어려울 것입니다. 해결책이라고 할 수는 없지만, 지금 제가 드릴 수 있는 작은 팁을 두 가지 소개하겠습니다.

한 가지는 작품의 세계관이나 캐릭터의 설정이 아주 터무니없는 경우라도 주인공이나 시점 인물*에게는 보편적인 감정을 가지게 하는 것입니다. 또 하나는 주요 등장인물에게는

---

* 독자는 시점 인물의 눈을 통해 이야기의 세계를 체험하게 됩니다. 주인공이 시점 인물이 되는 경우도 있는가 하면, 《셜록 홈즈의 모험》의 왓슨 박사처럼 화자가 시점 인물이 되는 경우도 있습니다.—저자주

기회가 있을 때마다 속마음을 내비치게 하는 것입니다. 연출이라는 주제에서 조금 벗어나는 이야기가 될지 모르겠지만, 중요한 내용이므로 조금 더 이어가도록 하겠습니다. 보편적 감정이라는 함은 어떤 사건이나 상황, 혹은 인물이나 사물에 대해 대개의 사람은 이렇게 느낀다, 보통은 그렇게 받아들인다 하는 기분을 말합니다.

가령 사랑하는 상대가 자신이 아니라 다른 사람에게 홀딱 빠져 있다면 무척 괴롭겠지요. 이때의 괴로움은 많은 사람이 공통으로 느끼는 감정일 것입니다. 괴롭기 때문에 ○○한다 에서 '○○'의 부분은 사람에 따라 제각기 다르겠지만, 기본적으로 '괴롭다' '애달프다'라는 기분은 공통되게 갖습니다. 이것이 보편적인 감정입니다.

가령 작품 안에서 여자 주인공이 죽을 만큼 애타게 사랑하는 남자가 있다고 합시다. 그 남자가 하필이면 그녀의 친한 친구를 좋아하고 있다. 그런데 여자 주인공은 이런 상황에 아무런 액션도 취하지 않고 어느 날 갑자기 아마존의 오지로 보물을 찾으러 여행을 떠나고 만다. 그런 여자 주인공에게 독자들이 감정이입을 할 수 있을까요? 불가능하겠지요.

같은 상황이라고 하고 다시 가정해봅시다. 여자 주인공은 차라리 그 여자 친구가 없어져버렸으면 좋겠다고 생각할 정도로 그녀에게 지독한 질투심을 느끼지만, 그런 마음을 겉으로 드러낸다면 그 남자에게 미움받을 것이 뻔해서 어금니를 악물고 평상시와 다름없이 행동하고 있다. 그럼에도 너무 힘들고 가슴이 아파서 더는 견딜 수 없다고 생각하던 차에 우연히 보물찾기 여행 포스터를 발견하고서 충동적으로 응모해버린다……. 이런 식으로 써나간다면 독자들도 "아, 알겠어. 이런 기분"하며 공감하게 될 것입니다. 이것이 인물의 속마음을 쓰는 방법입니다. 구태여 대사로 쓰지 않아도 좋습니다. 소설은 지문을 쓸 수 있으므로 지문을 통해 심정을 토로하게 하고, 영상 작품의 각본이라면 주인공이 마음을 터놓고 이야기할 수 있는 상대에게 불쑥 속마음을 내비치게 하면 됩니다. 어쨌든 그 인물의 내면의 진실을 독자들에게 명확히 드러내는 것이 중요합니다.

이야기가 길어졌습니다. 연출 기법에 관한 이야기로 다시 돌아가겠습니다. 다음은 미스터리 제시입니다. 참고로 여기서 말하는 미스터리는 연출 테크닉의 명칭입니다. 추리소설 장르를 나타내는 미스터리물과 다르므로 혼동하지 마시기 바랍니다.

미스터리

오래전에 읽은 《OL 진화론》이라는 네 칸 만화에 이런 이야기가 있었습니다.

해외여행에서 막 돌아온 여성이 같은 직장 내 여자 친구들에게 여행지에서 생긴 일을 이야기하고 있다. "런던에서는 ○○에 갔었는데", "파리에서는 ○○를 먹었는데"……. 하지만 친구들의 반응이 영 신통치 않다.

부아가 치민 직장 여성이 나직이 한마디 내뱉는다.

"근데 말이야, 같이 간 일행 중에 신혼여행을 온 부부가 있었거든. 그런데 어느 날은 한밤중에 호텔 복도에서 신부가 혼자 울고 있지 뭐야……"

그 순간 그때까지 대충 건성으로 이야기를 듣던 친구들이 "정말? 그래서? 그래서 어떻게 됐는데!?"라며 바로 반응을 보였다.

처음 이 만화를 읽었을 때 '참 잘 만든 네 칸 만화구나' 하고 감탄했습니다. 어떤가요? 여러분도 "그래서?"하고 몸을

---

* 직장 여성의 일상에서 일어나는 소소한 에피소드를 유쾌하게 때로는 뭉클하게 그려낸 작품. 고단샤의 만화 잡지 《모닝》에서 1989년부터 연재 중이다.

앞으로 쑥 내밀지 않으셨나요(웃음)?

만화《OL 진화론》, 아키즈키 리스 지음, 고단샤

이 이야기에서 전반부의 여행지 이야기와 후반부의 신부 에피소드는 무엇이 다를까요? 물론 후반부의 신부 에피소드가 단연 독자들의 호기심을 자극할 것입니다. 그러면 어째서 그렇게 된다고 생각하시나요? 아는 사람?

"전반부의 이야기는 어차피 아는 얘기여서 들어봤자 '그렇구나' 하고 건성으로 맞장구칠 수밖에 없지만, 후반부의 이야기는 '대체 이유가 뭘까?' 하고 궁금해지니까요."

"(후반부의 이야기는) 내용이 충격적이어서요."

"전반부는 뒷이야기가 이어질 여지가 없지만, 신부 에피소드는 이런저런 상상을 하게 만드니까요."

네, 맞습니다. 우리는 '왜 그럴까?'라고 생각하는 순간 빨리 답을 알고 싶어 합니다. 소설이라면 앞으로 어떻게 전개될지 읽고 싶어지고, 영화나 드라마라면 얼른 다음 장면을 보고 싶어집니다. 독자들에게 '왜 그럴까' 하고 호기심을 불러일으키는 매력적인 미스터리를 차례차례 제시하는 것은 작품에 대한 독자들의 흥미를 유지하기 위한 중요한 기법이라고 할 수 있습니다.

그러면 이러한 미스터리는 어떻게 만들면 될까요?《스토리텔링 7단계》에서도 자세히 설명했지만, 복습을 겸해 여기서 간단히 정리해보도록 하겠습니다.

미스터리와 뒤에 소개할 서스펜스는 사건의 순서를 약간 비틀어주는 것만으로도 만들 수 있습니다. 다음 예를 보시기 바랍니다.

① A가 와인에 독을 넣는다.
② B가 그 와인을 마신다.
③ B는 죽는다.

일어난 사건을 시간순으로 나열하면 이렇게 됩니다. 그런데 결말인 ③을 제일 앞으로 가져오면 어떻게 될까요?

① B는 죽는다.

이야기가 시작되자마자 갑자기 B가 죽는다. 죽는 방법에 따라 다르겠지만 독자들은 우선 "으악!" 하고 놀랍니다. 그나

음에는 "왜 죽었을까?"라고 생각합니다. 그 이유를 알고 싶어서 계속해서 책장을 넘기게 됩니다.

이것이 미스터리의 제시입니다. 대부분의 추리소설은 이 기법을 쓰지만, 추리소설뿐만이 아니라 다른 장르의 이야기에서도 자주 사용됩니다. 아니, 소설에 한정할 것이 아니라 사실은 여러분 자신도 의식하지 못했을 뿐 상대방의 주의를 끌기 위해서 일부러 이런 식으로 이야기하지 않나요?

얼마 전에도 카페에서 옆 테이블 앉았던 커플이 이런 대화를 나누고 있었습니다.

남: 망했어. 어제 회사에서 일하다가 다쳤어.

여: 정말? 자동차 사고?

남: 아니, 급하다고 해서 오토바이 택배로 거래처에 물건을 보냈는데 말이야. 정작 보내야 할 중요한 데이터를 깜빡하고 안 보냈거든.

그래서 허겁지겁 오토바이를 쫓아가다 계단에서 넘어져 허리를 다쳤다는 것이 이야기의 결말이었습니다. 이것 역시 결말부터 먼저 이야기해서 상대방의 흥미를 유도하는 예로 볼 수 있습니다.

중요한 순간에 중단한다

독자들의 호기심을 자극하는 연출은 또 있습니다. 바로 서스펜스 기법입니다.

이것 역시 전작에서 설명해드렸으므로, 여기서는 복습하는 정도로 가볍게 정리하고 넘어가겠습니다. 한마디로 말하자면 예고와 중단을 세트로 사용하는 방법입니다.

① A가 와인에 독을 넣는다.
② B가 그 와인을…….

그래서 와인을 어떻게 한 거야? 마신 거야? 안 마신 거야!? 이것이 만약 TV 드라마라면 B가 와인잔을 손에 들고 막 마시려는 순간에 틀림없이 광고가 흘러나옵니다. 이와 같이 긴장감이 극도로 높아지는 순간에 중단시켜서 독자의 호기심을 자극하는 것이 서스펜스 기법입니다.

서스펜스 기법을 사용할 때 주의해야 할 점이 있습니다. 바로 중단하기 전에 반드시 예고를 넣어야 한다는 것입니다. 앞의 와인의 예라면 "A가 와인에 독을 넣는다"라는 부분이 예고에 해당합니다. 이 사실을 알려 주지 않고 B가 와인을 막 마시려는 순간 장면이 바뀌어버리면 독자들은 아무런 긴장감도 느끼지 못합니다.

서스펜스의 예고 부분에서는 이대로 상황이 진행되면 어떠한 결과가 예상되는지, 이것을 독자에게 알기 쉽게 설명하지 않으면 안 됩니다. 다시 앞에서 나온 와인의 예로 설명해보겠습니다. '○○라는 독약을 와인잔에 꼼꼼하게 펴 발랐다'라고 지문으로 써주는 것도 좋지만, 가능하면 이 독을 먹으면 어떤 방식으로 죽게 되는지 사전에 알고 있는 편이 독자들에게는 훨씬 재미있게 느껴집니다. 시대극을 같은 것을 보면, 적에게 독을 먹이는 장면에서 어쩐 일인지 어항이 놓여 있고 탐관오리가 어항 안에 수상쩍은 가루를 뿌려넣으면 금붕어가 수면 위로 둥둥 떠오르는 연출이 있지요? 그렇습니다. 그렇게 해주시기 바랍니다.

이 순서를 밟지 않는 경우에는 어떻게 될까요? 예를 들어 이런 식입니다.

① A가 와인잔에 약을 넣고 와인을 따른다.
② B가 그 와인을……

이런 식으로 전개하게 되면, 무슨 일이 일어나고 있는지 알 수 없습니다.

또 다음과 같은 방식으로 쓴다면 어떻게 될까요?

① A가 와인잔에 약을 넣고 와인을 따른다.
② B가 그 와인을 마신다.
③ B가 죽는다.

이것은 일어난 사건을 시간순으로 나열하는 것에 지나지 않습니다. 그러면 독자들은 "아. 그게 독약이었구나"라고 생각할 뿐 크게 감탄하지도, 놀라지도 않을 것입니다.

하지만 만약 이런 식으로 진행한다면 또 어떻게 될까요?

① A가 와인 잔에 약을 넣고 와인을 따른다.
② B가 그 와인을 마신다.
③ B는 그 후에도 여느 때와 다름없이 행동한다.

뭔가 이야기가 조금 바뀌었다는 느낌이 드시나요? 독자들은 "그렇다면 그 약은 대체 뭐였어?"라고 의문을 가지게 될 것입니다. 이것은 미스터리를 제시한 것이 됩니다.

어떠셨나요? 미스터리의 제시와 서스펜스의 기법에 대해서 어느 정도 감이 잡히셨나요?

그러면 이러한 기법을 사용하여 실제로 플롯을 연출해봅시다.

여러분은 《모모타로》라는 옛날이야기를 알고 계신가요? 이 《모모타로》의 플롯을 이번 장에서 다룬 문제나 갈등, 미스터리나 서스펜스와 같은 기법 가운데 하나 혹은 여러 개를 사용해서 연출해보시기 바랍니다. 처음부터 마지막까지 쓰지 않아도 괜찮습니다. 한 장면 정도면 충분합니다. 400자 원고지 기준으로 한두 장 정도로 정리해주시기 바랍니다.

아시겠지요? 그럼, 준비, 시작!

실습 11

옛날이야기 《모모타로》의 한 장면을 문제, 갈등, 미스터리, 서스펜스 중 하나 이상의 기법을 사용해 연출해주십시오.

……어떠셨나요? 다 쓰셨나요?

그러면 여러분의 작품 가운데 한 편을 골라 살펴보도록 하겠습니다.

---

* 복숭아 속에서 태어난 남자아이 모모타로가 개, 원숭이, 꿩과 함께 나쁜 일을 일삼는 도깨비가 사는 '오니가시마'라는 섬으로 떠나 도깨비를 무찌르고 집으로 돌아와 행복하게 산다는 일본의 설화

제목《모모타로》(갈등)

모모타로는 고민에 휩싸였다. 근래에 들어 모모타로의 마을 곳곳이 오니가시마에 사는 도깨비들에게 약탈당하는 일이 빈번해지면서 토벌군을 보내자는 목소리가 마을 내 높아지고 있다. 모모타로는 아무래도 자신이 토벌군 대장으로 뽑히게 될 듯해서 걱정이 이만저만이 아니다.

모모타로는 겁쟁이다. 힘도 그다지 세지 않다. 어찌 된 연유에서인지 강물에 떠내려온 거대한 복숭아 속에 들어 있던 모모타로는 마을 사람들에게 "저 아이는 산신님의 아이다"라며 떠받들어지면서 특별 취급을 받았다. 모모타로는 자신이 그런 대단한 사람은 아니라는 것을 누구보다 잘 알고 있었다.

사실 모모타로는 산 하나를 사이에 둔 옆 마을의 여자가 낳은 아이였다. 산파 일을 했던 모모타로의 할머니가 아이를 받았는데, 여자가 "우리 집은 가난해서 입 하나 늘릴 여력이 없습니다"라며 애원하기에 데려오게 된 것이다.

"이 아이는 산신님의 복숭아에서 태어난 아이예요. 그런 아이를 버린다면 천벌을 받을 거예요."

할머니는 모모타로를 맡아 키우자고 할아버지를 설득했

다. 할머니가 그렇게 말한 데는 사정이 있었다. 그렇게라도 하지 않으면 구두쇠인 할아버지가 모모타로를 받아들일 리가 없었기 때문이다. 모모타로가 평범한 인간 아이라는 사실을 알고 있는 사람은 할머니와 모모타로 자신뿐이었다.

"어쩌면 좋지."

모모타로는 머리를 싸안았다. 사실을 밝히면 마을 사람들과 할아버지는 지금까지 잘도 속여 왔다며 펄펄 뛰며 화를 낼 것이다. 모모타로는 지금까지 '산신님의 아이'라는 신분을 이용해서 마을 사람들에게 공물을 받아먹고 골목대장 노릇을 하며 제멋대로 지내온 것을 후회했다. 그렇다고 해서 잠자코 있다가는 이대로 오니가시마에 보내질 것이 뻔했다.

"큰일 났네. 이제 어떡하지."

모모타로는 다시 한숨을 내쉬었다.

네, 수고하셨습니다. "오니가시마에 가고 싶지 않다", "하지만 사실을 말하기도 싫다"라는 두 가지 욕구 사이에서 갈등하는 모모타로의 모습이 충분히 잘 그려졌군요. 플롯 단계에서는 이것만으로도 충분합니다. 조금 더 욕심을 내보자면, 오니가시마에 보내지게 되면 구체적으로 어떤 상황과 맞닥뜨리게 되는지 설명하는 부분이 약간이라도 있었다면 더 좋았을 것입니다. 마을 사람들에게 사실을 말하기 어려운 이유는 제대로 설명이 되었습니다. 그러므로 여기에 더해 "오니가시마에 가면 이렇게 될 것이다"라는 모모타로의 예상도 써주면 상황이 더욱 명확해질 것입니다.

다른 분의 작품도 하나 더 살펴보기로 하겠습니다.

작품 예시 12

제목 《모모타로》(서스펜스)

모모타로는 친구인 개, 원숭이, 꿩과 함께 오니가시마로 향하고 있다. 그런데 사실 원숭이는 오니가시마에서 보낸 스파이다. 모모타로 일행의 일거수일투족을 도깨비들에게 보고하고, 오니가시마에 도착하기 전까지 일행의 전력을 약화시키는 것이 원숭이의 임무다.

그날도 원숭이는 "잠시 정찰 다녀오겠습니다"라고 말하고 자연스럽게 일행에서 떨어져나와 산으로 들어갔다. 거기에는 오니가시마에서 보낸 도깨비가 숨어 있었다.

원숭이를 본 도깨비는 이쪽으로 오라는 신호를 보냈다.

"그래. 지금 모모타로 녀석은 어쩌고 있어?"

"네, 그 녀석들 항구에 도착하면 먼저 배를 살 거랍니다.

그 배를 타고 오니가시마로 간다고 했어요.”

“그런가. 알았다. 자, 이걸 써.”

“이건 뭡니까?”

“화약이다. 이렇게 불을 붙이면……”

파앙! 원숭이는 큰 소리에 놀라 펄쩍 뛰었다.

“녀석들이 탄 배가 바다 한가운데에 이르면 이 화약에 불을 붙여라. 너는 즉시 바다로 뛰어들어서 도망치고. 건방진 모모타로 녀석, 물고기 밥이나 돼버리라지.”

“알겠습니다.”

원숭이가 일행이 있는 곳으로 돌아오자 개가 코를 킁킁거리며 말했다.

“이상하네. 너한테서 도깨비 냄새가 나는데.”

“그, 그럴 리가. 기분 탓이겠지.”

“아니, 내 코는 한 번 밴 냄새는 일주일이 지나도 맡을 수 있거든. 너한테서 나는 도깨비 냄새는 굉장히 강해. 마치 방금 만나고 온 것처럼.”

“정말이야?”

모모타로와 꿩도 낯빛이 변했다.

“야, 원숭이. 어떻게 된 거야?”

모모타로와 개와 꿩에게 둘러싸여 추궁당하는 원숭이의

등에는 식은땀이 주르륵 흘러내렸다.

수고하셨습니다. 배에 화약이 설치되면서 모모타로 일행이 낭패를 보는 서스펜스인 줄 알았더니, 뜻밖에도 스파이 원숭이가 절체절명의 위기에 처하는 이야기로군요(웃음). 잘 만들어진 이야기라고 생각합니다. 예고 부분은 "원숭이는 사실 오니가시마에서 보낸 스파이다"라는 대목이고, 중단 부분은 마지막 행이 되겠네요. 여기서 "한편 그 무렵, 오니가시마에서는……" 하는 식으로 장면을 전환하면, 독자들은 "그래서, 결국 원숭이는 어떻게 됐지?"라며 이야기에 대한 흥미를 유지하게 됩니다.

여러분도 이런 연출 기법을 잘 활용해서 독자들을 두근두근하고 조마조마하게 만들어주시기 바랍니다.

맛있는 음식을 먹고 싶다.

"자, 그러면 어떤 음식을 먹고 싶나요?"

누군가가 이렇게 구체적으로 물어보면, 어느 하나를 콕 집어서 대답하지 못합니다.

그런 경험을 한 적이 없으신가요? 저는 꽤 자주 겪는 일입니다.

매우 비슷한 이야기가 또 있습니다.

재미있는 이야기를 쓰고 싶다.

"자, 그러면 어떤 이야기를 쓰고 싶나요?"

누군가가 이렇게 구체적으로 물어보면, 어느 하나를 콕 집어서 대답하지 못합니다.

가령 음식의 경우라면, 대개 사람들은 "카레를 먹어볼까?",

"아니, 오늘은 카레가 별로 안 당기네", "그럼, 어묵 전골로 할까?", "음, 어묵 전골도 그다지 안 내키고"라고 자문자답을 반복하다가 결국 마지막에는 "그래, 오늘 밤은 돼지고기 된장국으로 하자!" 하는 결론에 이르게 되지 않을까 합니다.

이야기를 만들 때도 이런 일련의 순서를 응용해볼 수 있지 않을까요?

이런 질문에서 출발하게 된 것이 바로 이 책입니다.

이런 전개는 너무 전형적이다. 흔해 빠진 이야기다. 이렇게 생각하면서도 어쩐 일인지 즐겁게 읽게 되고, 보게 되는 작품이 세상에는 셀 수 없이 많습니다.

이 책은 이처럼 빠져버릴 수밖에 없는 이야기의 대표적인 템플릿 다섯 가지를 소개하고, 이 템플릿을 활용해서 직접 플롯을 만들어볼 수 있도록 구성되었습니다.

각각의 템플릿마다 고유한 매력이 있으니 "다음은 로맨틱 코미디를 써볼까?", "아니야, 재난물 느낌으로 가는 게 좋겠어" 하는 식으로 마음에 드는 플롯을 선택해서 연습해보는 즐거움도 충분히 누리실 수 있을 것 같습니다.

여러분이 자신만의 독창적인 작품을 쓸 수 있게 되기를

바라며, 이 책이 조금이라도 도움이 된다면 더없이 기쁘겠습니다.

드디어 마지막 인사를 드릴 시간이 되었군요. 이 책을 위해 기꺼이 작품을 제공해주신 문장교실의 선생님들, 그리고 무엇보다 이 책을 손에 들고 읽어주신 독자 여러분께 진심으로 고마운 마음을 전합니다.

마루야마 무쿠

MEMO

옮긴이 송경원

물리학과를 졸업하고 교육대학원에서 일어교육을 전공했다. 재미가 일이 되고 일이 재미가 되는 삶을 꿈꾸며, 재미있고 의미 있는 작품을 기획, 검토 및 소개하는 일에 힘쓰고 있다. 현재 소통인(人)공감 에이전시 번역가로서도 활동 중이다.
옮긴 책으로 《후회병동》, 《고양이형 인간의 시대》, 《100세까지의 독서술》, 《누구나 혼자인 시대의 죽음》, 《왜 케이스 스터디인가》 등이 있다.

대중을 사로잡는 장르별 플롯

초판 1쇄 발행 2020년 4월 30일
초판 3쇄 발행 2023년 11월 10일

지은이 마루야마 무쿠
옮긴이 송경원
펴낸이 최정이

펴낸곳 지금이책
등록 제2015-000174호
주소 경기도 고양시 일산서구 킨텍스로 410
전화 070-8229-3755
팩스 0303-3130-3753
이메일 now_book@naver.com
블로그 jblog.naver.com/now_book
인스타그램 nowbooks_pub

ISBN 979-11-88554-33-1(03800)